ヘイケイ日記

女たちのカウントダウン

幻冬舎

祇園歩いて鐘聞いて
諸行無常の更年期。
花房観音、盛者必衰の理を知る。
とはいえ花の命はしぶといもので
生理が終われど女が終わるわけじゃなし。
五十路直前、滅びるか滅びないかは己次第。

ヘイケイ日記　もくじ

一の巻　諸行無常の更年期

二の巻

老いと女の間の戦い

三の巻　無限物語

ブックデザイン　芥　陽子
イラストレーション　牛久保雅美

一の巻

諸行無常の更年期

閉経におじけづく女たちの本音

去年から、生理用品の買いだめを止めた。

羽付き夜用、昼間用のナプキン、そしてタンポン。無かったら困るこの三点は、常に多めに購入していたが、必要最低限しか買わないことにした。

生理の量が減ったり増えたり、ときどき一週間を超えたりもすれば、二日ぐらいで終わることもある。低用量ピルを飲んでいるから生理不順はないけれど、いよいよ来たかと思った。

小学校高学年のときから、長年つきあい続け苦しめられた、生理が終わりに近づいている。

「閉経」という言葉が他人事《ひとごと》ではなくなったのを感じた。

既婚、子ども無し、二〇一九年十一月時点で四十八歳七ヶ月。

一般的に閉経は五十歳前後と言われているが、四十代前半、六十歳近くまでと開きがあるらしい。私は間違いなく、そう遠くない未来に閉経するだろう。

「閉経」という言葉が我が身に近づいて、「もう女じゃなくなるのね」などとは全く思わなかった。生理ごときで性別なんぞ変わるわけがない。

一番最初に思ったのは、「もうこれで、子どもは？」と言われなくてすむんだということだ。

卵子を凍結させて体外受精する人もいるけれど、積極的に子どもをのぞまない限りは、そこまでしない。

私は三十九歳十一ヶ月で、半年前に知り合った六歳上のバツイチの男と結婚した。結婚式も披露宴も新婚旅行も無し。これは最初から、お互いの間で一致していた。

結婚と同時にデビュー作の本が刊行され小説家生活がはじまった。自分には仕事と子育ての両立は無理だと思ったのと、年齢的なこともあり、最初から子どもを作る気はなかった。それは夫のほうも同じだった。

いい年した大人たちが決めたことである。けれど、結婚してから思った以上に、「子ども作るなら急がないと」「子ども作ったほうがいいよ」と、言われまくった。「いえ、私たち、子ども作らないと決めているんです」と正直に口にすると、「子どもいたほうが楽しいのに」と返される。

ワシがいらん言うたらいらんのや！ お前ら簡単に子ども子どもヌカすけど、できたら育てるの誰や思っとんねん！ と、内心思っていたが、押し問答になるのもめんどくさいので、薄ら笑いで**「子どもコール」が終わるのを待っていた**。

ちなみに親には一切、言われなかった。内心、願っていたとあとで知ったが、私の三冊目の本が売れて新聞広告に名前などが載るようになると、「あんたにとっては仕事が子どもだからなぁ。そういう幸せもあるわ」と、言ってくれるのはありがたかった。妹たちが次々と子どもを産んで、孫の世話で疲れてたから、もういらんというのが本音かもしれないが……。

しかし、二十、三十代ならともかく、四十代でも、ここまで「子どもコール」されるんだなと、実際に結婚してみて驚いた。そして、「子ども作ったほうがいいよ」と言ってくるのは、圧倒的に同性だった。彼女たちに悪気など、一切あるわけがない。本当に子どもが可愛くて、子どものいる人生がいいとすすめてくれているのだ。それはわかる。でも、私は子どものいない人生を自ら選択するのだというのを、わかってもらえない人とは、距離を置かざるをえなかった。直接ではないが、昔の知り合いが私のことを「子どもいなくてかわいそう」と言っているのも耳にしたので、「子どもいらない」は強がりだと捉えている人もいるかもしれない。

もし「子どもを望んでいるけれど、できない」状況なら、どれだけ傷つくだろう、とも考えた。同じ女だからといって、想像力が働くわけではないのだ。

四十代半ばになり、さすがにもう言われないだろうと思っていたら、「無理したら産めるよ」と言われた。なんで欲しいと思っていないのに、無理しないといけないのだ。

でも、閉経したら、「子ども産んだほうがいいよ」と言われても、「閉経したから！」って返せるではないか。

そしてもうひとつ、「閉経」を目の前にして考えたのは、「性欲」だ。閉経してから、あるいは閉経はしていないけれど四十代半ばを過ぎてから性欲が無くなったという女性の話を何人かから聞いた。若い頃に、あれほどヤリまくっていたのに、今は全くその気がなく平和な日々を過ごしているとか、夫との行為は完全受け身で「早く終われ」としか思わなくなってしまったとか、パートナーは欲しいけれどセックスはしたくないのでどうしたらいいか悩む……などと。閉経したら性欲が無くなるとは、いちがいに言えず、逆に盛んになる人もいる。五十歳を過ぎても、ヤリまくっている人も、夫以外の男とセックスしてる人も、何人も知っている。

私自身がどうなるかは、閉経してみないとわからない。

心配なのは、仕事だ。

私は十代から性的なことに興味が強く、そのくせ自意識過剰でモテなくて処女喪失は遅かったけれど、キスもしたことないくせにAVにハマって、エロ漫画、エロ本もこっそり買い続けていた。AV好きが高じて、ブログにAVについて書きまくっていたら、三十代半ばで声をかけられ、憧れのAV情報誌で連載するようになった。

その後、小説家になろうと、新人賞に送りまくった。小説家になれるなら、どんなジャンルでもよかったので、怪談、青春小説なども応募したが、ひっかかったのは「第一回団鬼六賞」つまり、官能小説の賞だった。それまで官能小説なんて書いたこともなかったし、書けるとも思っていなかったけれど、大ファンである「団鬼六」が選考委員ということで、書いて応募したら受賞した。それからは官能ではなくても、「性」をメインテーマに書き続けている。

なのに……もしも性欲が消え、性への興味も無くなっちゃったら、私は小説を書けなくなるんじゃないか？？　別ジャンルに移行っていっても、需要が無かったら終わりやん！

デビューしたあと、母親に「あんたの小説は性描写が多くて人にすすめにくいねん。もしも子ども向けの絵本とか描いててくれたら自慢できるのに……」と、ぼやかれたのを思い出した。


今、一番の興味は私の性欲、及び性への興味がどうなるかだ。

閉経は今後の仕事に関わってくる重大な問題だった。

この日記では、そんな自分自身の変化と、同じく「**閉経カウントダウン**」**の女性**たち、また老いを迎える男性たちの性について書いていきたい。

更年期を楽しく迎えるエトセトラ

あれ、これもしかしたら更年期の症状？

と、気づいたのは、去年（二〇一八年）の秋だ。秋になっても、顔の汗の量が多くて、薄手のコートとか羽織っている季節なのに、顔だけだらだらと汗を流しているという状態が何度かあった。

私の住む京都は、夏は暑くて冬は寒いという、非常に暮らしにくい気候だ。それにくわえて温暖化で、夏はとにかく外出したくないほど暑い。

確かにその年の夏は、顔の汗がすごくて、化粧が流れるし、夕方にはドロドロになるので、例年にも増して人に会いたくなかった。「ほんま京都の夏は、いやどすなぁ」「温暖化、かなわんなぁ」と、京都の気候のせいにしていたのだが……秋になって涼しいはずなのに顔に汗が噴き出て、上半身が熱い。

これって、更年期の症状のホットフラッシュでは？

ホットフラッシュについては、母親がしょっちゅう「更年期やねん！　お母ちゃんだけ暑い！」と、ぶつぶつ言っていたので、大変だなと他人事のように眺めていた。

しかし、私にも、それはやってきた。

更年期とは、閉経前後の数年間、「卵巣機能が減退し始め、消滅するまでの期間」のことを指す。今、考えれば、生理の期間が長くなったり、短くなったりと、「閉経」を意識し始めた時期と、顔にやたら汗をかくようになったのは一致している。

そしてその年の冬、とにかく寒かった。私は生まれ育ちが兵庫県北部の豪雪地帯で、自分は寒さには強いと思って生きてきたけれど、四十代後半になって「寒いの無理！」という人の気持ちがわかった。京都の「そこびえ」という、芯から冷える寒さが応《こた》えて、何をするのにも億劫《おっくう》になった。急に冷えがダメになったのも、更年期の症状かもしれないと気づいた。

暑いのと寒いのがダメになるって、ますます寒暖の差が激しい京都で暮らしにくくなる。どこか移住しようかという考えも一瞬よぎった。

小学校高学年で迎えた生理と、やっともうすぐお別れできるかも！　もうナプキンもタンポンも買わなくていい！　外泊時にひやひやしなくていい！　あの重い下腹部の痛みともさよならできる！　と、思っていたら、この厄介な更年期がじわじわと迫ってきている。

生理のしんどさ、めんどくささはいろいろあるけれど、一番苦しめられたのがＰＭＳだ。ＰＭＳとは、月経前症候群のことだ。生理がはじまる前に、肉体的、精神的に現れる不快な症状で、私がこの「ＰＭＳ」という言葉を知ったのは、二十代後半ぐらいだったと思う。それまでも「生理の前は、お腹が痛い、しんどい」というのは当たり前に女同士で話していたけれど、インターネットも無かった当時、知識を持ちえなかった。

PMSとは、どういうものかを具体的に知るだけで、ずいぶんと精神的に楽になったのを覚えている。肉体的なしんどさより、精神的なしんどさ……とにかく気分が落ち込んで、自分を否定し、他人が許せなくなる……そんな状態も、期間限定だからこそ我慢しようと思えた。

PMSで、私は結構、身近な人にあたっていた自覚はある。普段はスルーできることが、どうしても許せなくなり、耐えられなくて怒りをぶつけてしまう。それがマシになったのは、婦人科に行き低用量ピルを処方されて飲むようになってからだ。副作用もあるし、効くかどうかは人によりけりなので、まず診察をおすすめするが、一番大きいのは、生理の期間がわかることだ。予定を立てやすくなるし、精神的に不安定になっても、何日後に生理がはじまるから、**この鬱々から解放される！** と思うと、他人に直接あたってしまうことは減った。完全に無くなったかどうかというのは、私が自覚していないだけで、やっている可能性があるから、断言できないけれど。

私の場合は、生理のはじまる前日が、一番症状がひどい。誰かを呪っている。以前から、嫌いな人であったり、嫉妬の対象であったり、身近な人であったりと、その月によって「呪いのターゲット」は違うのだが、とにかく呪っている。とはいえ、これは生理前の症状だと自覚しているので、藁《わら》人形に五寸釘を刺したり、匿名掲示板に悪口を書き込んだり、攻撃するためにアカウント作ってSNSに張り付いたり、本人に直接、「呪ってやる！」と宣言して脅したりはせずに済んでいる。

ただ鬱々と、人を呪いながら、自分の劣等感の穴に落ちて、ときには泣いていたりもするだけだ。もともとの性格のネガティブさが増幅してしまい、昔は「死にたい」と思うのは、大抵この時期だった。生理がはじまったら楽になるとわかっていても、苦しいものは苦しい。

近年は、生理の前日は、映画を見に行ったり、美味《おい》しい物を食べたり、もともと好きな寺巡りをしたりと、確実に楽しい予定を入れるようにしたら、以前のように呪うことも、自分のいたらなさに泣くことも少なくはなった。

そうやって三十数年、つきあい方を模索していたPMSの症状を少しばかり飼いならし、やっと快適になりつつあった生理とも、お別れが近づいている。

しかし、これから新たな戦いがはじまるのであった……って、なんか昔のアニメの最終回のようだが、母親をはじめ、何人もの年上の女性たちから、「更年期はほんまにしんどい」という話を聞いているし、さあどうしようかと待ち構えている。

とはいえ、今のところ悲壮感もなく、生理前日のように、毎日楽しく過ごすことが、重要かなと考えているぐらいだ。楽しいことがないなら、楽しいことを見つけるのも、快適に生きるための努力のうちだ。

閉経云々《うんぬん》以前に、五十歳を前にして、確実に人生の折り返し地点は過ぎているので、人を呪いながら泣く夜は、終わりにしたい。

あのとき、正直痛くないですか？

「熟女ブーム」という言葉は、だいぶ前からあった。

エロ本、官能小説、ＡＶなどのジャンルで、「熟女」と呼ばれる若くない女たちの活躍が目立つようになった。熟女の定義がこれまた曖昧なのだが、だいたい三十代後半以上だろうか。

ただ、結局、官能小説やエロ本、ＡＶを見る層が高齢化しているので、登場する女性の年齢も上がっただけとも言われている。

若い人は、エロに金を使わない、ネットでいくらでも見られるから。それでも「若くなければ女じゃない」みたいな風潮が薄れつつあるのはいいことだ。

しかし、ポルノはファンタジーだと言ってしまえばそれまでだけど、男性向け媒体の「熟女」が登場する小説、ＡＶでも、モヤモヤしていることがあった。

みんなそんなに幾つになっても、**濡れ濡れで、するっと挿入できるもの**なのか？

痛みを感じたのは、三十代後半だった。

それまで、「どんな球でも、俺は打つ！」と、野球漫画の天才四番バッターのように何でもありだったはずなのに、セックスで挿入する瞬間だけ痛い。

気持ちよくないわけではないし、本当に一瞬だけなのだが、痛い。

頻繁にそういう行為ができる生活ではなかったし、毎回でもないので、たまにやるとこんなもんかな、ぐらいに思って気にもしなかった。


「性交痛」という言葉を知ったのは、もう少しあとだ。仕事の資料で、編集者からもらった工藤美代子さんの『快楽――更年期からの性を生きる』という本を読んでからだ。

そこにはまさに今の私と同世代、それ以上の年齢の女性たちの性愛が描かれていた。

この本で、「セックスの挿入時に痛みがある」女性たちの話を読んで、自分の感じた痛みが「加齢により女性ホルモンが低下して濡れなくなる」性交痛だと知る。

私の症状なんて、一瞬だけ我慢したら終わる程度のものだが、深刻な人たちもいるのだとも、人から話を聞いたりもして徐々に知った。夫を嫌いになったわけではないのに、性交痛によりセックスが苦痛になりセックスレスで浮気をされて離婚に至った話や、セックスしたくても痛いので、苦悩する女性の話なども聞いた。また、私より年齢が下の女性たち、三十代や二十代でも性交痛があるのも知る。

濡れないことで、パートナーともに気まずくなってしまうケースもある。女性が濡れないので、男性が自分の技術が未熟だから受け入れてくれないのだと傷ついたり、逆に不感症じゃないかと女性が自分を責めたりする話も。

性欲がなくなり、セックスもどうでもよくなって、しなくなるのならそれでいい。でも、したいけれど濡れない、痛い場合は、どうすればいいのか。

男は加齢により勃起しにくくなるけれど、女だとて他人事ではない。

女はいつまでもセックスできる！　わけではなかった。

ＡＶは撮影時にローションを仕込むし、官能小説は男性を勃起させるためのものだから基本的に「濡れ濡れ」だけど、現実は違う。もちろん、ポルノに登場するように、「いつも濡れ濡れで、ウエルカム！」な女性もいるだろうけれどそうじゃない女性もいる。

そして決して、「相手のことが好きじゃない」「セックスそのものが嫌い」だからではない。愛があるから気持ちいいだろう、感じているなら濡れるだろうと言う人はいるだろうが、それとこれとは別に考えて欲しい。恋人とセックスしても、いまいちのときもあれば、恋愛感情のない相手とでも感じてしまうときがある。濡れ具合、感じ方には、その日の体調や、精神状態、ホルモンバランスだって関係する。

性交痛……この言葉を、男も女も、どれほどの人が知っているのだろう。痛みがあっても、パートナーと話し合い理解して、気持ちいいセックスのために模索しているカップルもいるだろうけれど、セックスを諦めてしまう人もいるはずだ。

男も、女も、たくさんセックスしても、相手の身体を知っているわけではない。経験が多いのに、驚くほど自分と異性の身体について知識がない人は溢《あふ》れている。しかし私も、若い頃は、まさか自分がそんな痛みを感じる日が来るなんて想像もつかなかった。情報は必要としていなければ、耳に入らない。閉経が目前になり、はじめて、「セックスしたいけれど、痛くてできない」問題について考えざるをえなくなった。

そもそも自分が二十代の頃などは、四十代、五十代になってセックスすることを想像していなかった。実際に自分がその年齢になると、している人は結構いるし、したい人はもっとたくさんいることに気づく。

こうして若くない人間が、セックスがどうのこうのと書くことや、セックスしたいと足掻《あが》く人たちを、嘲笑したり侮蔑する人もいる。「いい年して」と、呆《あき》れられもするだろう。でも、子どもを産めなくなっても、いや、産む必要がなくなって、生殖から解放されるからこそ、人と抱き合いひとつになり愛し合うことが、どれほど大事なことかと気づきもする。

単純な性欲よりも、もっと根源的な生きる悦《よろこ》びを求め幸せを味わいたいから、セックスがしたい、自分が生きていることを確かめるためにも、人肌が恋しいと願うことは、いけないことだろうか。

そんな人々を見て、みっともないと、笑ったりなんてできない。閉経カウントダウンがはじまった今、「したくてできない」のは、男にとっても女にとっても切実な問題だ。

そもそも、愛のあるセックスは感じるのか

前回に続き、性交痛の話である。

官能小説に限らず、小説、映画の中で、合意のもとのセックスシーンで、「**痛いんじゃ！**」という場面を見た記憶はほとんどない。合意のもと、つまり男女が愛し合っている、お互いにしたいと思っているはずの場面では、痛みなど不要でしかないからだ。

しかし、やはり私と同世代、もしくは上の年齢の女性が、「いつも濡れ濡れで、太ももを滴り、ベッドのシーツはびしょびしょ」には違和感があった。普段から定期的にやっている女性ならともかく、数年ぶりにする場合も、みんなこんなにスムーズにいくのだろうか。

ある小説を読んだ際に、「これだよ！　これ！」と、膝を叩きたくなった。女優の岸惠子さんの『わりなき恋』だ。ヒロインは六十九歳で、更年期はとっくに終わっているのだが、五十八歳の男と、いざセックスという場面の描写が、ものすごくリアリティがあったのは、「痛み」が描かれてあったからだ。

そしてこちら小説ではないけれど、作詞家の及川眠子さんの『破婚』は、人気作詞家の及川

さんが、十八歳下のトルコ人と結婚し、三億円を彼のために失い、七千万円の借金を背負った十三年間の結婚生活を描いたものだ。この中で、更年期ゆえに「痛み」を感じるのに、「夫婦だから」と毎日性行為をしようとする夫とのすれ違いが描かれている。夫と別れてから出会った新しい恋人とは、どうだったかということも。

合意のもとで、好きな男、パートナーとセックスしようとしても、こういうことは起こるのだ。いつでもどこでも濡れてすんなり入るわけではないんだよ！と、全国にアナウンスしたいぐらい、男性にも女性にも知っておいて欲しい。そうでないと、悲劇が起きる。

最近読んだ、『夫のHがイヤだった。』は、悲劇の記録だった。学生時代に知り合った夫と結婚した著者のＭｉｏさんは、十五年の結婚生活の中で、夫との性生活が苦痛でならなかった。夫が誘ってくるのが、怖い。激しい痛みが走り、快感どころではない。好きなのに、夫婦なのに、愛しているはずなのに、痛い。そして彼女が夫とのセックスに痛みを感じ避けようとしているのを、夫は全く理解しようとしない。彼女は自分が悪いのかと自分を責めもする。愛しているのに、こんなに痛いのは、自分に非があるのか、と。

Ｍｉｏさんの場合は、痛いけれど濡れる体質で、そうなるともう男性からは理解できないだろう。濡れる↓感じていると思い込んでいる人は多いけれど、そう単純なものじゃない。生理の周期の関係で、別に興奮していなくても濡れやすいことだってあるのだから。

この本に共感する女性は、きっと少なからずいるけれど、男性にとっては目を背けたい、無かったことにしたい話かもしれない。男性は、女性以上に、「自分にセックスの能力がない」のは、大きな傷で、彼らは心を守るために、セックスにおいて自分の都合のいいように解釈する傾向が強い。けれどだからこそ、男と女の溝は深まり、遠くなる。

ただ、身体がセックスできなくなっても、男も女も「自分のせい」ではないのは確かだ。だから自分を責めて悩んだり苦しんだりするよりも、対策を考えていくほうが話が先だ。医者に行ったり、ドラッグストアで潤滑液を購入したり、それ以前に、「どうしたら痛みが少なく気持ちよくなれるか」を、パートナーと一緒に模索していくしかない。

でも、**痛いのなら、痛くなるまで待とうホトトギス**……と、徳川家康並みに根気があればいいけれど、**痛いのなら、他の女とやろうホトトギス**……という男性もいるだろう。そうなると、女は痛みを抱えたまま取り残されてしまう。

女性は、恋愛とセックスを結び付ける傾向が強いが、実際のところ、男と女の在り方って、そこまで違うものだろうか。

「男は好きでもない女とセックスできるけど、女にはできない」「男性には狩猟本能があるから、いろんな女を追いかける」「女性は愛のないセックスでは感じない」「男は浮気する生き物だ」とか、読んだり耳にする度に、どうしてそこまで「男」「女」は区別されるのかと疑問に思う。

以前、ある女性に「花房さんの小説の中には、複数の男性と関係する女性が登場するけれど、全く理解できない。私は恋人にしか欲情しない」と言われたのだが、そういう人もいれば、そうじゃない人もいるけれど、女だけが「恋人、夫以外とはできない」と、関係性に縛られるのは違うんじゃないか。普段、ジェンダーフリーを唱える人たちが、ことセックスや恋愛においては、「男はこうだ」「女はこういうものだ」と、ひとくくりにしたがるのが不思議だ。

別の女性だが、「私は、好きな男性とセックスしたときしか感じません。だからアダルトビデオのセックスは嘘です。愛のないセックスでは感じません」と、喧嘩腰に詰め寄られたこともある。私は小説家になる前に、AV情報誌にレビューなどを書いてもいたので、彼女からしたら「あんなのすべて作り物じゃないか」と、否定したかったのだろう。

でも、彼女がいう、「愛」って、何？ とも思った。「愛のないセックスでは感じない」「愛があるセックスは感じる」の、愛って、「恋人」や「夫婦」という関係性から、当たり前に存在するものだと思っているのだろうか。

そもそも「男性には狩猟本能がある」「男は浮気する生き物」と決めつけるのも、男性に対して失礼で、馬鹿にしすぎじゃないだろうか。男性だって、ひとりの女性だけを愛しぬく人は、少なくとも私の周りには何人もいる。

「愛」という曖昧な言葉に疑いを持たず、雁字《がんじ》搦《がら》めになるから、不自由になる。

愛しているからセックスさせてくれと、「愛」という言葉を手段にして女を騙《だま》す男なんて、いくらでもいる。私のことを愛しているでしょと、男から搾取したり利用する女も。

そんな曖昧な「愛」という言葉よりも、自分の肉体が、どう感じるのかのほうが、大事なのに。感じないなら、どうすればいいか。まずそれを考えなければ、いつまでもその先にはすすめない。

若くない私たちには、もう時間が限られているのだから、「愛」という言葉に振り回されている場合ではない。

閉経前、人生でやり残したことと向き合う必要

昨年、「もしかして閉経かな？」と思ったときに、「自分にはやり残したことがあるんじゃないか」と考えた。

閉経して、性欲が無くなり、性への興味が薄れてしまう前に、やっておくべきことがあるはずだ……浮かんだのは「女の人とのセックス」だった。

小説の中では、何度も女性同士のセックスは書いている。射精がないから肌の触れ合いを描ける……とインタビューなどでは答えていたが、経験は皆無だった。キスもしたことがない。

閉経して性への興味がなくなると、恋愛、性の対象ではない同性と性行為をする機会はまず無くなるだろう。

そんなときに、私はある本の出版イベントにゲストで呼ばれた。

『すべての女性にはレズ風俗が必要なのかもしれない。』という、大阪のレズ風俗「レズっ娘《こ》クラブ」のオーナー御坊さんが書いた本だ。

少し前、『さびしすぎてレズ風俗に行きましたレポ』という漫画が話題になっていた。著者の永田カビさんは、二十代後半、男性経験はなし。ぬくもりを求めてレズ風俗に……という体

験漫画だった。その本に登場するレズ風俗が「レズっ娘クラブ」だった。

実は数年前に、女性用風俗に興味を持って、いろいろ調べたこともある。けれど、知らない男性とホテルでふたりきりになり、安くないお金を払うのはハードルが高いと思ったのと、いろんなお店のＨＰを見て、どうしてもピンと来なかった。

セックスには、スーパーで売っている果物と同じくらい、当たりはずれがある。お金払って嫌な思いしたら落ち込みそう……ただでさえ少ない、女としての自信を失いそう……とかぐだぐだ考えているうちに、すっかり忘れてしまっていた。つまりはそれほど切羽詰まってなかったのだと今になっては思う。

そして昨年、レズ風俗イベントにゲストとして参加し、御坊さんの本を読んだのがきっかけで、「閉経前に、女性とのセックスを体験するべきじゃないか」という衝動にかられた。

私は「自分の誕生日に、自分でお祝い」という理由をつけて、「レズっ娘クラブ」のＨＰから、予約をした。理由がないと、ハードルは飛び越えられなかった。


予約当日、実際に女性とデートして、ホテルに行き体験した。

それまで「女性となんて無理！」と思っていたけれど、杞憂《きゆう》だった。

そして私は、自分は男性が怖かったのだというのを、久しぶりに思い出した。男性は自分を傷つけるという恐怖だ。

私は容姿も悪く、モテない人生を送っていて、男性からは常に「対象外」だった。そのことで傷ついてはいたが、努力もせず、卑屈になって、男性を馬鹿にすることで心を守ってもいた。もちろん、「男性への恐怖」は、私自身の過剰な自意識がもたらすことで、すべての男性が女性を容姿で判断して侮蔑するわけではないし、女性だって同性の容姿に容赦ない人は、たくさんいて、一方的に「男が悪い」という話では決してない。

私が怯《おび》えていたのは、私自身の「男の人は容姿の良い女が好きだから、自分は愛されない、女としての価値が無い」という価値観だ。

そのことを、久々に考えたのは、レズ風俗で女性とホテルに行って、楽しい時間を過ごせた安心感からだった。

女性とでもちゃんと快感は得られるのだと知ると、**「男に好かれないと女として価値が無い」**なんて思い込みは、無意味だと思った。私はずいぶん長い間、自分自身の思い込みに縛られていたのだと、改めて気づいた。

レズ風俗体験は、いい意味で、私にとって、大きく価値観を壊され、解放された出来事だった。

そしてもうひとつ、発見があった。ペニスと射精のないセックスは、勃《た》つ勃たない、濡れる濡れないを気にしなくてもいい。男性が「俺、イキそう」と口にして、心の中では「ええ、もう？　早い？」と思いながらも合わせたり、中折れされて言い訳を並べられたり、勃起と射精が上手《うま》くいかない男性に気をつかったり……何より、妊娠の心配をしなくていい。年をとったら、男は勃起しにくくなるし、女は濡れにくくなる。でも、ペニスのいらないセックスなら、そんなこと関係ない。「勃起しなくていい」「射精の必要もない」セックスを楽しめるようになったら、誰もが解放されるのではないか。勃起不全も、性交痛も関係ないセックスでも、ちゃんと成立するのだ。生殖行為から解放されているのだから、自由に楽しめばいい。

レズ風俗体験後に、周りの男性たちに、「自分のパートナーがレズ風俗に行ったら、どうする？」と聞いてみたが、とりあえず私の周りは「ＯＫ」という人が多かった。女性とするのは浮気じゃないと男性たちが思うならば、女性自身の罪悪感も軽くで済む。

夫とはセックスレスで、このままセずに死ぬのは嫌だ、でも家庭は壊したくないし、セックスしなくても夫のことは愛している……と葛藤している女性は、多い。男性なら、気軽に風俗に行けるが、女性は、パートナー以外とセックスするのは、なかなかハードルが高い人が、たくさんいる。

男じゃなくて女相手なら、と、レズ風俗ならば利用できるかもしれない。

妊娠しない、安全、罪悪感がない……と、レズ風俗にはメリットしかなかった。

こういうことを書くと、「でも、女は男のペニスが必要だろ」「自分はどうしても膣《ちつ》の快感を味わわないとセックスした気にならない」と言ってくる人は男女ともにいるのだが、それはまた別の機会に書く。

ただ、勃起しにくくなり、濡れにくくなる中高年にとってのセックスのヒントを、レズ風俗で見つけたのと、女性が性を楽しむための、**リスクのない選択肢**が存在するというのは大きな救いだと思った。

「好きだから受け入れないといけない」呪縛からの解放

昨年、閉経が近づいてきたのを機に、「私にはやり残したことがある！」と、レズ風俗店「レズっ娘クラブ」ではじめて女性と体験したことは前回書いた。

それから一年……つまり今年の春に、大阪で開催された、「レズっ娘クラブ」のイベントに、今度は客として訪れると、壇上には、キャストさん（レズっ娘クラブで、お客さんのお相手をする方たちを、こう呼ぶ）が、仮面をつけて並んでた。

今回は、「レズっ娘クラブ」の姉妹店「レズ鑑賞クラブ　ティアラ」を体験した女性たちの話も聞けた。レズ鑑賞とは……女性同士のセックスを、ホテルで鑑賞するプレイで、カップルや男性も利用できるが、男性はキャストさんには一切、手を触れるのはＮＧだ。

でも、女性は参加もＯＫ。つまりは、カップルで鑑賞し、彼女がそこに加わるのを、彼氏が見ることもできる。

トークを聞きながら、キャストさんたちを眺めていて、ふと気づいた。あれ、私、彼女たちを性的な欲望の対象として見てる……ということに。

それまで、男性しか好きじゃない、男性としかできないと思い込んでいたのが、一年前のレズ風俗体験をきっかけに、自分でも驚いたのだが、「女も全然いける！」となっていたのだ。

つまりは**楽しみが倍になった**。そしてレズ鑑賞体験を聞いて、むくむくと興味が湧きあがってきた。

やっぱりこれも、閉経して性への興味がなくなる前に、体験したほうがいいのではないか？

私は昨年と同じく、「自分への誕生日のプレゼント」、そして、小説家だからこれは取材だという理由をつけて、鑑賞を予約した。


当日、キャストさんふたり、私ひとりの女三人で、女子会気分でホテルに入り、お風呂も一緒に入った。普段、女性同士で旅行することもないので、こんな体験は初めてだったが、なんかすごく楽しいぞ、その日に初めて会った女の子たちなのに。

お風呂から出て、私はラブホテルのベッドの傍に座り、ふたりのキャストさんたちのプレイを眺めていた。とにかく、綺麗で、指を入れたりするときに、「入れていい？」と、必ず確認をとって同意を求めるのが丁寧で、いやらしい。

男の人の中には、「激しくするほうが気持ちいいだろう」と思い込んでいる人が、わりといる。激しいのを好むかどうかは人それぞれだし、関係性とかタイミングの問題もあるのに、「こうしたらすべての女は喜ぶはずだ」と思い込み、ガンガンしてくる人がいる。

私の知り合いで、処女なのに激しく指を出し入れされ、裂傷で血が止まらず病院に行って縫合した娘もいて、その話を聞いたときは男の無知さとアホさに倒れそうになった。

初めは、誰が相手であろうが、優しくして回を重ね、どうしたら気持ちよくなれるのか模索していくのが理想なのだが、セックス慣れしていなかったり、AVだけをマニュアルにしている男性は、そもそも女性の身体の敏感さ、生身の人間であるという意識が欠如している。

これは経験の有り無しには関係ない。

経験数の多い勘違い男も、たくさんいる。経験数が多いからこそ、「俺のやり方」に確信を持っていたりするから、余計にタチが悪い。

目の前にいる女性たちは、同じ肉体を持つからこそ、セックスの中で気遣いを見せてくれる。そのうち、色白のキャストさんの、耳や首筋が赤く染まっていく様子に、「本当に感じているのだ！」と感動した。これは演技ではないのだ、と。

鑑賞しながら、女同士の性愛がねっとりと描かれた小説、「谷崎潤一郎が『卍』を書いたときは、こんな気分だったんだろうか……」とも考えていた。

そしてやはり女性同士のプレイは、ペニスも射精もないから、肌の触れ合い、指と舌で相手を悦ばせるプレイが続く。果てのない、終わりのないセックスは、激しくなくとも十分にいやらしい。

男性相手のように「え、もう出ちゃうの？　早くない？」「なかなかイカないから、疲れてきた……早く出して」と、内心もやもやすることもない。

昨年、レズ風俗を利用するときに、一番気にしていたのは、「私みたいな、若くないしスタイルもよくない女が、利用していいのだろうか」ということだった。けれど、キャストさんたちは、仕事だからこそ、とても優しく接してくれて、安心させてくれた。

話を聞くと、私よりずっと年上の利用者さんや、私のように既婚者でレズビアンではない女性、男性経験のない利用者もいるとのことだった。確かに、ある程度の年齢を経て、処女であることが重い、早く捨てたいという女性たちにとって、レズ風俗の体験というのは、「人の肌に触れること」の練習に、最適かもしれない。

女性経験のない男性は、風俗や出会い系という選択肢があるけれど、女性でいきなり初体験で、知らない男性相手というのは、かなり勇気がいるし、リスクもある。

女性は男性よりも、セックスと恋愛を結び付けがちだ。もちろん、恋愛においてセックスは重要なことだし、セックスにおいても恋愛感情、愛《いと》おしい気持ちがあると幸福感を得やすい。けれど、ある程度の年齢の処女が、いきなり「恋愛&セックス」を体験するのって、結構ハードルが高くないか？

誰もがみんな、すんなり「恋愛」できるわけでもないのだ。恋愛&セックスになると、どうしても「嫌われたくない」という気持ちも働いて、そのためにリラックスできなかったり、嫌なことも嫌と言えなかったりというのがある。

好きになればなるほど、相手に嫌われたくないから、「NO」と言いにくい。セックスが怖い、興味があるけれど踏み込めない、好きな人がいない……そんな悩みがある人が、レズ風俗で**「人肌に触れる」練習**をするのは、自信にもなるし、何より「セックスって気持ちよくて楽しい」と知ることができるのではと思った。

セックスって、楽しいし、気持ちいい。そして幸福になれる。生きていてよかったとも思える。けれど、大事にされなかったり、暴力的に扱われたりすると、傷ついてしまう。本来、素晴らしいものであるはずのセックスが、忌み嫌われ憎悪の対象となってしまうのは不幸なことだが、世の中には、そんな「不幸」があちこちにある。どうせセックスするならば、気持ちがいい、幸福なセックスがしたい。

女性同士の、丁寧で、相手を慈しむ、いやらしいセックスを見て、そんなことを考えた。

＊追記

レズ風俗の体験談をこのようにあちこちに書いたり、喋《しゃべ》ったりしていると、多くの女性が興味を持ってくれた。

女性だって、気持ちいい体験をしたいのだなと、改めて思った。

私自身も、体験して、本当によかったと思っている。

白髪の上下問題につきまして

少し前、「**グレイヘア**」が話題になった。アナウンサーの近藤サトさんが、白髪染めをやめ、黒白交じりの髪の毛で登場し、その姿が話題になったのだ。

実は私も、「グレイヘア」なのだが、人前には出せない。私の場合は、髪の毛ではなく、下の毛だ。

白髪が交じり始めたのは、三十代後半だったが、そんなに目立つほどではなかった。しかし四十代半ばを過ぎ、もうごまかせないほどの「グレイヘア」だ。頭の毛も白髪があって、一応最近になって染めだしはしたけれど、多くはない。けれど、下のほうは、すごい勢いで白髪が増えてきた。

これ、みんなどうしてるの??

小説家になって三冊目の本『女の庭』（幻冬舎文庫）が売れた際、思いがけずちょっと印税が入ってきて、人生で初めて余裕ができた。

この印税を何に使うか……車はいらないし、家を買えるほどではない、ブランド物には興味がない、海外旅行は行く暇がない……そうだ！　と、私は美容皮膚科に行った。

印税の使い道は、「脱毛」に決めた。そんなに毛深いわけではなかったが、妙なところに濃い毛が生えているのがコンプレックスで、剃刀《かみそり》や脱毛ワックス、テープなどで処理を繰り返していた。

美容皮膚科の先生は、とても綺麗で押し売りなどもしない人で、両手両脚脇の下を、数ヶ月かけてレーザー脱毛で処理した。永久脱毛ではないですよと言われたが、数年経った今も、生えてはくるけれど薄くて目立たない。ついでに、年齢による女性ホルモンの減少で、口周りに生える黒い毛も処理してもらった。

両手両脚脇の下と顔の脱毛を終え、びっくりするほど、快適になった。何もせずともつるつる！　無理してでももっと若い頃にやってたらよかった！

しかし、レーザー脱毛できない箇所があったのだ……そう、陰毛だ。レーザーは黒のメラニン色素に反応するので、白髪には効果がない。

下半身が「グレイヘア」になってから、対策は自分なりにいろいろ考えた。肌に刺激の少ない毛染めで黒くしようとしたけれど、私が不器用なのか上手くいかなかった。ブラジリアン・ワックスも試したけれど、抜いてもすぐに生えてきてしまう。

ネットで、「**陰毛白髪**」で検索したら、「女とセックスしようとして、あそこに白髪があったら萎《な》える！」というような書き込みを見て、どよんとなった。

白髪って、萎えられるんや……。

こんなことなら、本当に若いうちに、白髪になる前にレーザー脱毛しておけばよかった……と心の底から思った。そもそもあそこの毛って、別にいらない。

みんなどうなんだろう？　と、何人か同世代の女性に聞いてみたが、「ちょっとあるけど、抜いてる」という人や、「髪の毛は多いけど、下は全く白髪がない」という人もいた。

小説を読んでいて、四十代以上の女性が登場しても、濡れ場で「あ、白髪ある！」みたいな場面は読んだことがない。

「グレイヘア」で悩むのは、私だけ？？　と、不安になった。

誰に相談すればいいのか……そんなときに浮かんだ、あるひとりの人物がいた。

若くない女性のあそこを、たくさん見ている人に聞いてみよう！　と、私は友人であるAV監督の市原克也さんに会ったときに、「ちょっと相談があるんです」と話を切り出した。

市原さんは、もともとAV男優で、現在は、「熟女」と呼ばれる、私と同世代、もしくはそれ以上の年齢の女性を中心に撮影しているAV監督だ。

他の男性にはできない相談だが、やはり熟女のことは、熟女の専門家に……と、「私、下の毛、すごい白髪が多いんですけど、どうしたらいいんでしょう？」と聞くと……。

「年相応やないか！」

と、即答された。

……確かに、そうだ。

「撮影されていて、女優さんのそこの毛、白髪あります？」

「あるで。当たり前やん」

……私だけじゃなかった。

「年相応やから、気にせんでええ！」

と、数年にわたる悩みに、一瞬で答えが返ってきた。

そうか、「年相応」。

私、四十代だし、そうだよなぁ。

別に黒々艶々してなくていいんだ、年相応だから。

たくさんの「熟女」を撮っている市原さんの言葉の説得力は強く、私はそれで気が済んでしまった。


世間では、「若い」のが良いこととされて、ある程度の年齢を経ると、男も女も「若さ」を追いかけるようになる。若さには価値があるのは確かだ。若い人はエネルギーに溢れ、何より美しい。

けれど若さを失った人間を貶《おとし》める風潮には、大いに疑問がある。

年をとった芸能人に「劣化」という言葉が使われるのが、すごく不愉快だ。肌が衰えシミや皺《しわ》ができるのなんて当たり前なのに、それを蔑《さげす》む人たちがいる。大金かけて美容整形で若さを保てる人はいいけど、維持は大変で、誰にでもできることではない。

私はバスガイドの仕事をしているが、お客さんで、当たり前のようにガイドの容姿や年齢を本人の前で「ババアが来た」「もっと若い子がよかった」「おばさんでがっかり」などと口にする場面に、たくさん遭遇した。しかもそれを言うほうが、結構年配の人だったりするのが不思議だ。自分たちの容姿や年齢は棚にあげ「若い子がいい」とか言うのは恥ずかしくないのかと思うけれど、全く気にしている様子もない。

「年相応」であるのは、そんなにいけないことなのだろうか？


ところで、あそこの「グレイヘア」問題であるが、最近「**介護脱毛**」という言葉を知って、再び考えるようになった。

年をとって、介護され排泄物の処理をされる際に、陰毛が長いとからまったり、不潔で菌が繁殖するから、「介護する側」のことを考えての脱毛が、「介護脱毛」だ。

閉経が近づき、五十歳を前にした我が身としては、「セックスする際に白髪で萎えられたら嫌だ」以上に、「介護脱毛」がリアルに響く。

やっぱり若い頃に、脱毛するべきだった……。

＊追記

その後、「シュガーリング脱毛」を試してみた。砂糖、レモン果汁、水を煮詰めたペーストで、べりっと脱毛し、繰り返すと、薄くなると知人から聞いたのだ。とりあえず、久々につるんつるんにしてとても快適だったので、しばらく試し続けてみるつもり。

年明け早々巨根問題について考える

私はもともとアダルトビデオやエロ本が好きで、ブログにＡＶの感想を書いていたのが、文章の仕事をもらうきっかけになった。今は昔ほどではないが、自分が興味惹《ひ》かれる記事は、エロい記事多めの男性向けの雑誌に載っていることが多いので、たまに購入する。私自身も実話誌に連載を持っているし、夫も週刊誌で仕事をしているので、あまり女性が手にとらないような「男性向け」雑誌は毎週目にしている。

紙の雑誌はもう若い人は読まないというが、確かに内容は五十代、六十代以上の男性を対象にしているのがわかる。

昔から、こういう雑誌を読んでいて、ひとつ大きな疑問があった。それは「あそこが大きくなる」サプリの広告だ。必ず、ときには一冊の雑誌に複数の大きな広告が載っている。

「デカいペニスは勝ち組！」
「ペニスが大きくなって、自分に自信が持てて、モテまくり！」
「女性も絶頂する男性器増大法」

「デカくなって、彼女が増えて毎晩大変だよ」

絶対にこういう広告が載っている。しかも結構大きいスペースだ。ということは、需要があるし、購入する人もいるのだろうか。ずっと、この手の広告を見る度に、疑問だった。

女の人って、本当にみんな「大きいペニス」が好きなの？？？

女同士で、「やっぱ巨根よね〜」「大きくなくちゃ気持ちよくないわよね」なんて会話は、私はしたことがない。でも、言わないだけで、世の中の女性たちは「巨根好き」なのだろうか。

確かに知人女性で「巨根好き」はいるけれど、私自身は、「大きいのがいい」とは思ったことがない。普通がいい。性交痛を感じる年齢だからこそ、なおさらそう思う。

やたらと「俺のは大きいから、気持ちいいはずだよ」と何度も口にするペニス自慢男は鼻につく。「大きいのを突っ込んでおけば女は悦ぶはずだ」という傲慢《ごうまん》さが伝わってくると、冷めてしまう。

ペニスがデカい＝セックスが気持ちいいではないだろうとは、昔から思っている。

そしてペニスが小さいことを気にして、「小さくてごめんね」「気持ちよくないかもしれないけど、ごめんね」と、申し訳なさそうにされるのも困る。セックスは挿入がすべてじゃないんだから！　大きくない＝感じないではないから！　と、説教したいぐらいだ。

大きかろうが小さかろうが、男の人はペニスのサイズに振り回されて生きているのだとは痛感している。

五十代、六十代以上の男性が主な読者であるだろう雑誌に、この手の広告が載るというのは、勃起しづらい年齢になってもなお、サイズにこだわり続けるということだろうか。

会社ではある程度の地位を築き、子どもたちが独立する年齢になっても、「大きくなりたい！」と、サプリを購入して**「巨根になるための努力」**をしているのだとしたら、「もっと他に頑張ることがあるだろう」と言いたくなる。

性交痛などで、女が「痛くないセックス」を模索しているのに、「デカいペニスは勝ち組！」とばかりに迫ってこられたら、目指しているものが違い過ぎて、身体も心も離れていく。

そして本当に「大きなペニス」は気持ちがいいのか、女は巨根が好きなのか。

私自身でいうと、膣の中がペニスにフィットする感覚は、「大きいか」どうかではない。なんとなく、フィットしてると感じたときは、「きっとこれは相性がいいということなのか」と思う。いきなりそうはならなくても、関係を続けていくうちにしっくりくる。そこは安心感とか、恋愛感情とか、セックスにおいて求めているものが同じだとか、そういう気持ちの問題もきっとあるのだろう。

セックスにおける性器の相性とは、鍵と鍵穴みたいに、挿《い》れた瞬間、ぴたっと嵌《はま》ることもあれば、馴染んで次第に「合う」こともある。

大きいペニスは、何かがいっぱいに挟まっている、異物感はあるけれど、じゃあそれが「最高ーーー!! やっぱり巨根ーーーっ!!」というような歓喜をもたらすものではない。
もちろん、「大きいペニス大好き！」という女性もいるけれど、男性ほどの「セックスにおけるペニスのサイズの重要さ」を、多くの女性はそこまで求めていない気がするのだ。
だからついつい、「ペニスが大きくなるサプリ」の広告にはツッコまずにはいられない。

「女性が『男性に求めるモノ』に必然的に入るのがペニスサイズだ」

んなアホな！

「男性は女性のためにも男性器を増大する義務があります」

ねぇよ！

「十五日で三倍巨大化！」

……もし自分のパートナーが、半月ぶりに会って、嬉しそうに「大きくなったよ〜」と出してきたペニスが三倍になっていたら……私なら悲鳴をあげて逃げるかもしれない。三倍ですよ、三倍。十センチならば、三十センチ。

怖いって。

ペニスの形をした御神体や、浮世絵に描かれている男性器は、誇張してあるので滑稽なほどの「巨根」だ。

でもそれは「生身の女とのセックス」をするためのペニスではない。

よく「女の人のあそこは子どもが産めるぐらいだから、広がる」とも言われるけれど、出産だって会陰切開したりしてるし、普段、生理用のタンポンぐらいしか入れてないところに、「十五日で三倍巨大化！」したペニスが入ってくるとか、考えただけでも痛い。

年を取ったら、女は濡れにくくなり、男は勃ちにくくなる。そうなってもセックスを楽しめればいいと思うのだが、この男性の「巨根信仰」は、男と女の間にそそり立つ大きな壁だ。

レズ風俗を体験して、「挿入無しでもセックスは成立する」と私は思ったのだが、レズビアンの方と話すと、「でもペニスがないと気持ちよくないだろう」「男とのセックスの良さを知らないからレズビアンになったんだろ」などと言ってくる人がいるらしい。

セックスはペニスありき、しかも大きくなくてはいけないという思い込みがあるのならば、男の人のほうもしんどいんじゃないか。

男性週刊誌の「ペニスが大きくなったらモテモテ！」広告を、昔は笑って見ていたけれど、自分が五十歳に近づいたからこそ、「巨根信仰」を目の当たりにする度に、「男の生きづらさ」も考えずにはいられなくなった。

女が年齢と顔を公開して小説を書くとどうなるか

年が明けました。

令和二年、今年の四月に四十九歳になる。四十代最後の年だ。そして、この閉経連載を始めた頃、「すぐに生理が来なくなっちゃったら、カウントダウン終わっちゃうやん」と少し心配していたが、まだ生理はあるし、ＰＭＳもしんどい。

私は今、年齢を公表している。そのほうがめんどくさくないからだ。年齢を隠していると、インタビューに答えるときなどに、いろいろぼやかしたり嘘を吐《つ》くことになり、矛盾が出てきそうだ。そもそも知り合いたちも私の年齢を最初から知っているので、今さらごまかしてもしょうがないなというのがある。

デビューして最初の頃は年齢を出してはいなかったが、隠すつもりはなかったので、インタビューには正直に答えていた。デビュー作を出した際に、幾つかインタビューを受けたが、あるスポーツ新聞の記者に「官能を書いている人で、こうして年齢も顔も出す人って珍しい」と言われたのを、よく覚えている。

私はデビューが第一回団鬼六賞大賞という、官能小説の新人賞だった。小説家にはなりたかったけれど、官能小説なんて書いたこともなかったし、自分には書けるとも思っていなかった。けれど、大好きな作家「団鬼六」自身が選考委員をつとめると知って、応募した。

そして思いがけず私は「女流官能作家」と呼ばれるようになり、「年齢は出さないほうがいい」とアドバイスされたので、最初の頃は自らはプロフィールに生年は書かなかった。

「年齢は出さないほうがいい」というのは、つまり官能、男性を勃起させるファンタジーを描くのだから、作者自身も性のファンタジーの対象であったほうが読者の想像力を喚起させる、という意味だとは、後々気づく。

当時私は三十九歳から四十歳になった頃で、その年齢を「ババアだから萎える」と捉える人もいるのだ。実際に「男の書いた官能小説なんて、読む気にならない」というような人もいる。

美人で色っぽくてエッチな女が実体験を書いているほうが興奮するのだと。

そして「年齢も顔も出す人って珍しい」というスポーツ新聞記者の言葉も、あとで身に沁《し》みることになる。そのインタビューは、「団鬼六賞作家 変態性癖を告白」という見出しで記事になり、ネットのニュースにも転載された。別に「変態性癖を告白」など全くしていないのだが、

注目されるために煽《あお》るタイトルをつけるのはしょうがないと、承知ではあった。

それでもデビューしたばかりの私は、ネット転載のことまでは考えがいたらなかった。無料で読めるネットという場にさらされた私の写真は、今までで一番ひどいもので、タイトルとあいまって、「**ブスが官能書くな**」「ブス死ね」「気持ち悪い、萎える」「チェンジだ」「ババアの

デブス、吐きそう」「なんでこんなブスが結婚できんの？」と、匿名掲示板に散々書かれ、それが複数のまとめサイトになり、私の名前を検索したら、容姿に対する非難が次々と現れるようになった。読書サイトでも、本の感想レビューにも「画像検索しないほうがいい。がっかりするから（笑）」と書きこまれていた。

ブスデブババアが官能を書いてはいけない。

官能を書く女は、自身も男性を勃起させるファンタジーでいないといけない。

若くもなく醜い女が性体験を語りセックスを書くと、「死ね」とまで言われる。

確かに官能作家は年齢も顔も出さない人が多いし、積極的に出している人は、もともと人前に出る仕事をしている人だったりする。官能に限らず、ファンタジーやラノベ作家も、年齢も顔も出さない人が多いが、世界観を壊さないようにという配慮だろう。作者よりも、作品そのものを純粋に読んでもらうためというのもあるかもしれない。

ともかく、つい何も考えずに、顔を出してしまったがゆえに、そりゃ叩かれた。匿名のネット民だけではなく、授賞式で、ある著名な純文学作家に「がっかりした」と面と向かって言われた。「バスガイドだと聞いていたから、美人を期待していたのに」という意味だったとは、すぐにわかったが、よくもまあ、新人作家に直接そんなことを口にするのだなと傷つくよりも感心した。その有名作家には、作品については全くふれず、「なんで着物じゃないの〜」とも不満そうに言われた。「女流作家」＝着物のイメージなのか、いつの時代だよ。そもそもお前をもてなすために装ってここに来てるんじゃねぇよ。

のちにその作家は「美人好き」で有名だとも聞いたので、なおさらがっかりされたようだが、いや、新人賞をとったばかりの作家にいきなり容姿のこと言うのはどうかと思うし、私はそれ以来、その作家の本を読んでいない。

こうして私は新人作家として、ルッキズムの洗礼を受けた。デビュー当初のこの辺りの出来事は、叩かれるだけでは損なので『どうしてあんな女に私が』という小説の中にひとつのエピソードとして書いている。

この「作家自身も欲望の対象としてのファンタジー」だと思い知らされる出来事は、そのあとも続いた。別のスポーツ新聞で本の紹介コラムを書いた際に、原稿を渡したあと、「最後に、『私、濡れちゃいました』って入れて欲しいんです」と頼まれた。

え！　私、濡れてないけど！　ムラムラしてないけど！　いちいち興奮してたら、書けないし！　とは思ったものの、新人で仕事を失うのも嫌だったし、書き加えた。

あるテレビ番組に出た際は、ロケの最後に、出演していた若い男性タレントの「股間をさわって、彼にせまってください」と指示された。「女流官能作家」が、若い男に欲情する……という絵でVTRを締めたかったらしい。戸惑ったが、このときも、せっかくテレビで本を宣伝できるチャンスだし、ここまでロケをすすめてきたスタッフたちを拒めない……と、従ってしまい、今でも後悔している。

確かにデビューがたまたま「官能小説」だったけれど……私は小説をいろんな人に読んでもらいたいだけで、「エロい女」として必要とされたいんじゃないと、もやもやしていた。そもそも、官能小説家になるつもりもなかった、性を描きたいけれど、男性を勃起させるファンタジーよりも、男性が萎えるような現実の欲望を描きたかった。

そういうもやもやは、わりと早いうちにふりきった。三冊目の本『女の庭』の依頼が来たときに「女性向けのものを」と言われて、ファンタジーではない欲望を書いて、その本が売れたので、躊躇《ためら》うことなく好きなものを書けるようになった。

そして自ら「官能作家」と名乗ることもしないし、そう肩書をつけてくる人には「小説家」としてくださいと、なるべく伝えている。官能じゃないジャンルの本も、たくさん出したから、ジャンルを定義されるのは読者を限定してしまうので、やめて欲しい。そして生まれた年もプロフィールにつけるようになった。

ブスのババアがセックスを書いて何が悪い、とも今ははっきり言える。

セックスは若くて美しい人たちだけのものじゃない。

気持ち悪い、死ね、萎える、と言われようが、私は四十八歳の私の顔をさらす。

そして今は、老いて衰えていく性を書きたいと思っている。

たとえ醜いと言われようが、それは私にとって切実なものであるし、必要としている人たちもいるのだと信じている。

「俺の妻だけは浮気をしない」問題

中高年の性の話になると、「不倫」は避けて通れない。

タレントの不倫が報道されると、ネットでバッシングされ、謝罪会見し、まるで犯罪者のように扱われたりするのが、いつも疑問だ。

「不倫はいけない」と叩く人たち、責めるマスコミの人たちは、自分は全くパートナー以外の異性とセックスしたことはないのだろうか。あるいは、「したい」という願望はないのだろうか。

不倫により傷つく人がいるから、いけないことではあるけれど、当事者以外の人の、あの怒りはなんなんだ。

ましてや、芸能人の不倫を報道する側のワイドショーは、かつて不倫で騒がれた人たちもいるし、報道する週刊誌の記者たちだって、そんなに清廉潔白なのか。仕事だからと言ってしまえば、それまでだけど、度を越した不倫バッシングにはモヤモヤする。

当事者以外が、「この世から消えてしまえ」と言わんばかりに叩く、そのエネルギーと正義感にはいつも感心する。そしてみんな、自分とは関係のない他人の「不倫」に、どうしてそこまで本気で怒るのか。

不倫の是非は置いといて、昔からひとつ不思議だったことがある。

家庭があるけれど、外で恋愛、セックスをしていて、それを自慢げに話す男性は、たいてい「妻相手だと、もうそういう気が起こらないんだよな。家族になってるから」と、言う。だからセックス、恋愛を外に求めるのだと。

家庭以外に「彼女」がいて、しかもその彼女が若いほどに、男はそれを得意げに口にする。

そういう男性に「じゃあ、妻のほうはどうしているの？　妻も誰か他の人としてたりしないの？」と問うと、「**いやぁ、うちのはそういうの、ないから**」と答えられる。

つまりは、「**うちの妻はもう性欲はないから、浮気なんてないよ**」と。

いやいや、でも、あなたがそうやって「家族とはしないから、外で」となっているならば、妻だって、同じことを考えたりもするでしょと返すと、「**絶対にない**」と、頑《かたく》なに、自分の妻は浮気しないと言い張る。

どうして、そんなふうに断言できるのか。

エロ関係や、出版関係など、わりと緩い仕事をしている人でも、「自分の妻だけは浮気はしない」と信じている人は、結構いる。その自信と根拠の出どころは何なのだ。

男性週刊誌や実話誌には、「人妻と出会える」記事や広告が、必ず載っている。独身女性ではなく、「人妻」。そして官能文芸誌では、しょっちゅう「人妻」特集をする。ＡＶや官能小説でも「人妻」というジャンルは不動のものだ。

みんなそんなに人妻が好きなのか。

「不倫バッシング」の激しい世の中ではあるけれど、人妻とセックスする、つまりは不倫、浮気をしたくてたまらない人は溢れている。

風俗でも「人妻」を売りにしている店は、たくさんある。人の妻というのが、欲情を喚起させ、そそるらしい。人妻はエロいものだということになっている。

でも、そういう「人妻」**好きな男たちも、自分の妻が浮気をすることは「絶対にありえない」と断言**しがちだ。

「俺の妻」の性欲は、俺が求めるときには応じてくれて、俺が求めなくなって外で遊びだしたら、妻の性欲は無くなり、家でおとなしくしている……。

女の性欲が、そんな都合よくできてると、本気で信じてる??

私の敬愛する作家「団鬼六」の小説で「不貞の季節」という短編がある。主人公のポルノ作家は、教師をしていた時代に知り合った妻がいるが、貞淑なはずの妻が自分の弟子と浮気していたことを知り、激昂《げっこう》する。団鬼六自身の経験をもとに書かれているのは、知られている話だ。

あくまで「小説」でとされているが、明らかに自身の体験として読ませるように書いてある。

ポルノ作家で、愛人も持ち、いろんな女とセックスしてきたのに、貞淑だと信じていた妻の浮気は許せなかった。そこで主人公の作家は浮気相手を呼び追及し、好奇心や被虐心から、浮気相手に「妻とはどんなセックスしていたか」を聞き出そうとし、しまいには行為を録音させる。そこで見たのは、ポルノ作家である自分が引き出せなかった妻の快楽の鍵を弟子がこじあけ、セックスに狂う、自分の知らない妻の姿だった。

この作品は、大杉漣主演で映画化もされている。

長年一緒にいた妻に、自分は快楽を与えていなかったのだと思い知る男の苦しみと切なさが、滑稽さの中に描かれている。

妻の欲望を全くわかっていなかった男の愚かさが、団鬼六の筆により、極上の物語になっていた。

そして、妻が他の男と寝て、自分の元を去っていくときに、こんなにも妻を愛していたのかと思い知らされた男の哀しみと悔恨も。

「俺は浮気するけど、うちの妻は絶対にしない」と断言し、黙って家庭を守ってくれているのだと得意げに語る男と話すと、会ったこともない「うちの妻」が、男が信じる「自分に都合のいい女の欲望」をどこかで裏切って欲しいなんて無責任を承知で願ってしまう。

たいていの不倫妻は、「夫は全く気づいていない」と口にするけれど、彼らはそれも他人事だと思っているだろう。

「都合のいい欲望」は、ポルノの中だけにしか存在しないのだと、そろそろ気づいて欲しい。

既婚者であることを隠して独身女を口説いていいのか問題

前回に続き不倫の話だ。

ある程度の年齢になると、男も女も独身者は減り、セックスや恋愛の関係において、不倫は避けて通れない。「人妻好き男」や、「略奪好き女」のように好き好んでパートナーのいる相手を狙う者もいるけれど、やむをえず、葛藤を抱えながら既婚者と恋愛する人たちは、たくさんいる。もちろん、自分たちの快楽の裏で、苦しみ傷つく相手がいることなど想像せずに、「不倫」を楽しむ人たちも。

不倫はいけないことだ。けれど、私は不倫を否定はしない。そもそも恋愛感情や性の欲求を伴う情欲は、理性を超えるものだし、人は正しくない生き物だと思っている。自分が小説の中で描いているのは、そういう世界だ。

けれど、そんな私でも、「これはあかんやろ！」と、思う不倫のパターンがある。

それは「既婚者であることを隠して独身を口説き、深みにハマらせてしまう」事例だ。特に「既婚者であることを隠す男」の話は、よく耳にする。

ある知人は、家庭があるのを内緒にして複数の女と関係し、そのうちのひとりが彼が既婚者であると知って激怒し、男の家族や仕事関係者も巻き込んでの大騒動で、警察沙汰にもなった。最近は、SNSがあるから、暴露するのも簡単なのだ。しかも証拠も添付できる。

私は呆れて、その男に「そもそもなんで妻がいるのを言わなかったん?」と聞くと、さらっと「え、遊び相手にそんなこと言う必要ないでしょ」と、悪気なく返された。いや、たとえば一夜の遊びならともかく、女がSNSに晒した「証拠」を見る限りでは、あんた彼女の生活にずぶずぶ踏み込んでて恋愛モードやん! と、反省の無さに驚いた。

別の知人の話だが、彼女は数年間、結婚を前提につきあっていたが、喧嘩をして別れた恋人がいた。嫌いになったわけではなかったし未練もあったせいか、ふとFacebookで彼の名前を検索すると……あれ、なんで子どもいるの?? 自分と別れてすぐ結婚したのか?? いやいや、新生児ではない……どう計算してもおかしい……と、自分が知らない間に「結婚を前提とした恋人」ではなく、「不倫相手」だったことを知ってしまったという話も聞いた。

「既婚者であることを最初隠されていて、結果的に不倫になってしまった」のは、数年前に不倫で叩かれまくったベッキーもそうだった。惚れて本気になったあとで、相手の嘘を知っても引き戻せないなんて、一番悲しいパターンだ。

「**騙される女がバカじゃないの?**」と思う人もいるだろうが、こういうときだけ男たちは実に巧妙だし、恋愛して「**好きな人を信じたい**」スイッチが入ると、人はバカになる。ええ、私もそうです。

私が昔、四年半ほどつきあっていた「初めての彼氏」がいる。言っておくが、「初めての男」ではない。好きですと告白され、つきあいましょうという段階を経て恋人同士になった最初の男だ。

彼は大阪に住み、離婚歴があるのは聞いていた。「女の友人とシェアハウスをして住んでいるので、お互いの彼氏彼女は部屋にいれない約束をしている」と言われ、私は彼の部屋に行ったことがなかった。

今なら「シェアハウス」というのも一般的になっているが、二十年近く前で、「女の友人と一緒に住む」のには違和感があったけれど、「アメリカでは当たり前」と返された。でもここ、アメリカじゃなくて大阪の中央区やんなぁ、あんた日本人だし……とは思ったが、信じることにした。

けれど、「昨夜、友だちを呼んで鍋パーティして楽しかった」などと、「家に友だちが来た」エピソードを聞かされる度にもやもやした。友人はＯＫで、彼女はあかんの？　私は彼の友人にも家族にも会ったことはなかった。

それでも一緒にいると楽しかったし、仲良くやっていたのだが……たまに、一日以上、携帯電話がつながらないことがある。個人で商売をやっているはずなのに、こんなに連絡がとれなくて大丈夫なのか、と心配はした。あと、本業がどうもよくわからない。「話してもわからないだろう」と言われて、それきりだ。

彼に送りたいものがあり、住所を聞くと、メモを渡された。マンションの部屋番号は書いてなかったけれど、問題ないだろうと思って郵便物を送ると、返送されてくる。

クリスマスイブは、「別れた妻のところにいる子どもにプレゼントを渡さないといけない」と、一緒に過ごせなかった。

それでも、私たちは恋人同士だし！　と、つきあっていたのだが、のちに私が様々な事情で実家に戻ることになり、遠距離恋愛をしているうちに、メールの返信も滅多になくなり、私は私で他に好きな人ができて、「まあいいか」となって、関係は消滅した。

「……そんな不思議な彼だったけど、一緒にいるときは楽しかった。でもいろいろ謎は多かったな」

小説家になってから、友人たちと飲んでいるときに、私はその「シェアハウスの元カレ」の話をした。

すると、そこにいた友人たちが、真顔になり、こう言った。

「花房さん、それね、騙されてたんだよ。その男、たぶん既婚者」

え？？

そんなの疑ったこともなかった！

「冷静に、ひとつひとつ考えてみて。おかしいから」

そう言われて、客観的になり「不思議エピソード」を検証してみると、私の初めての恋人が、「他に家庭のある男」なら、いろいろ辻褄《つじつま》があう。

郵便物が届かなかった件に関しては、住所が嘘だった可能性が高いのと、もしかしたら名前すら本当だったのか今となってはわからない。免許証の確認とかしたことなかったし！

「……あなた、騙され過ぎ」

と、友人たちに、同情交じりの表情で言われた。

私は騙されていたのか！　と、初めて気づいたが、それでも腹が全く立たないのは、嫌な思いをしたことがなく、時間が経っているのもあり、それまでの男がひどかったからだ。

でもこれ、現在進行形だったら、それこそSNSに写真やメールを晒して大騒ぎしたかもしれない……。

そういえば去年（二〇一九年）、熱海駅で、「美魔女」が、交際相手をカッターナイフで切りつけた事件があったが、あれも相手が既婚者だと知らず妊娠してから、妻にばったり会って真実を知り堕胎し……という悲しい動機だった。

相手を傷つけることが前提の嘘である「既婚者であることを隠して独身女を口説く」不倫をするならば、**刺される覚悟はあるんだろうな？**　と、問いかけたい。

「オールドミス」が死語になっても続く女の戦い

三十年近く前の小説を読んでいると、たまに驚くようなセリフが登場する。

「彼女は三十歳のオールドミスで、結婚はもう諦めている」

「もう私は二十八歳で、婚期は逃しました」

今の感覚なら、二十代後半、三十歳なんて全然若い。

けれど、確かに昔は、こういう感覚だった。オールドミスだけではなく、ハイミスなんて言葉もあった。

二十五歳以上は、クリスマスケーキだなんて言われもしていた。十二月二十四日のクリスマスイブが終わると、クリスマスケーキが売れ残る。だから、二十五歳以上の女は結婚できなかった「**売れ残り**」だと。

私自身も、自分の母親が若くして結婚していることもあり、なんとなく結婚というのは二十代でするものだと昔は思い込んでいた。そして、三十代以降の人生がどうなるかなんて、真剣に考えたこともなかった。

「お局様《つぼねさま》」という言葉も、小説や漫画の中によく登場し、三十代で、そう呼ばれていた。だいたい地味な身なりで眼鏡をかけ髪の毛をひっつめており、「色気のない女」のような描かれ方をしていた。

昔は「アイドル」も若かった。

なんせ山口百恵は二十一歳で引退、結婚している。キャンディーズの解散も、メンバーが二十歳、二十一歳のときだ。今なんて、三十代のアイドルがたくさんいるのに。

あの時代の、三十代以上で独身の女の人は、どれだけ肩身が狭かったんだろう。

仕事していたら「オールドミス」「お局様」と呼ばれ、結婚したくないという意思も尊重されず、「行き遅れ」と言われてしまう。世間の独身女を見る目は、「結婚できない」＝何かしら欠陥がある女という扱いだ。

けれど結婚したらしたで、子どもを産めというプレッシャーを与えられ、「嫁」として子育てや「家」を背負わされ、自由などなかった女性が多いのも、上の世代を見ているとよくわかる。


二〇一七年の三月九日、私は渋谷・円山町《まるやまちょう》から神泉《しんせん》の駅周辺をひとりで歩いていた。

ちょうど二十年前、この地に立っていて殺された女のことを考えながら、彼女が死んだ現場に行った。

東電ＯＬ殺人事件を覚えている人は、どれぐらいいるだろうか。

慶應義塾大学を卒業して東京電力で働く女性が、夜は娼婦として街に立ち、神泉駅近くのアパートの一室で殺された事件だ。

彼女と交渉を持ったネパール人の男が逮捕されたが、冤罪《えんざい》で釈放され、結局未解決事件となっている。

エリートＯＬの売春に世間は驚き、彼女のヌード写真が週刊誌に掲載されたり、報道は過熱した。

そして彼女に共感した女性たちが、彼女が立っていた道玄坂のお地蔵さんに手を合わせに来る記事も目にした。

当時は私もまだ若く、この事件に衝撃を受けはしたが、ピンとこなかった。

けれど自分が年を取り、改めて事件のことを考えると、女性が亡くなった年齢が三十九歳というのに、そんなに若かったのか！　と、驚愕した。もっと年を取っているイメージがあった。おばさんになり、会社で居場所を無くし、結婚も諦めた女性が、街に立ち始めたあげく殺されたのだと。

けれど、三十九歳なんて、今の私の感覚からしたら、**女の盛り**だ。

エリートの彼女は、売春の客に東電の社員証を見せ、「私は年収が一千万円以上ある」と誇っていたという。

金に困っていない彼女が、セックスを売る女になった動機は何なのか。

金銭に換算することで、自分の女としての価値を確かめたかったのではないか、会社で「お局様」となった独身の彼女は、商品として買われることで「男に求められる女」になろうとしていたのではないか。

どうして三十代の若さで、死に場所を求めるように夜の街に立つようになったのか。

三十代なんて、一番女が綺麗な時期だ。

恋愛だって結婚だってできる。子どもだって産める。

仕事だって、能力が高ければ、どこかに自分が活躍できる場所はあるだろう。

「今」の時代に生きる私はそう考えてしまうけれど、二十五歳で「行き遅れのクリスマスケーキ」だなんて言われてしまう社会には、「自分はまだ若くて自由だ」と考えることすら許されなかったのかもしれない。

彼女が好んでセックスを売り金を得て、楽しんでいたのならそれはそれでいい。

けれど、様々な人の証言から浮かび上がる、道端でコンビニのおでんの汁をすすり、ホテルで排泄をして出禁になり、会社の会議室で就労中に堂々と眠り社内で噂になり、ガリガリの身体、厚化粧でウィッグをつけて夜の街に立ち、数千円の金で売春していた女の行動は、自傷行為に見える。

彼女の死後に、道玄坂の地蔵に手を合わせにきた女性たちは、彼女の死から漂う孤独、女性の生きづらさなどが他人事ではなかったのだろう。

誰が彼女を殺したのか。

彼女は、「**女であること**」**に殺された**ような気がして、ならない。

もう今は、「オールドミス」なんて言葉を使う人間はいないし、仕事の場で年齢や結婚がどうのこうの言ってくる人に対しては「それはセクハラだ」とも口にしやすくはなった。

四十歳を超えてからは、「若い女」でなくなったことで、楽にもなった。

彼女が亡くなった年齢より、更に十歳上の四十九歳になろうとする私は、ときどき道玄坂、円山町に足を運ぶ。

「女であること」に殺されないために、しぶとく強く生きていかねばと、手を合わせるために。

女がストリップで女の裸を見て思うこと

若い頃は、「五十歳」どころか「**四十歳**」**なんて、もう女じゃないぐらいに思っていた。**

当たり前に自分も母親のように、二十代で結婚し、子どもを産み、穏やかに暮らしていると思っていた。結婚は三十九歳でしたけれど、好きに生きている。

同世代、いや、自分より年上の人で、結婚していようがしていまいが、旅行したり遊んだり、恋愛もセックスも楽しんでいる人は、わりといる。

もしも「年をとることが怖い」と思っている若い子がいるならば、「若い女」でなくなったことで楽にもなって、楽しいよ〜と言ってあげたい。

身体のあちこちにガタがきていて疲れやすくもなったけど、私は若い頃よりも、今のほうが楽しい。

昔はもっと自分が女であること、女性という性に悲観的だった。

若い頃、常に外見のことを貶《けな》され続け、「性的な対象じゃない」と嘲笑され、そのくせセックスへの興味の強さを「女なのに自分はおかしいんじゃないか」と、責め続け自己嫌悪に陥っていた。

でも、今は「**女でよかった**」と思っている。

一昨年から、ストリップ劇場に通っている。

以前から興味はあったが、きっかけがなく、抵抗もあった。

そんなとき、共通の友人が多い、ストリッパーで女優、マルチパフォーマーでもある若林美保さんのお誘いを受けて、伝説のストリッパー「一条さゆり」を演じる彼女のひとり芝居を大阪で観て、感動した。

その際に、「次はストリップに行きます」と彼女に伝え、私は一昨年の四月、自分の誕生日祝いのつもりで、中国地方に唯一残るストリップ劇場「広島第一劇場」に足を運んだ。

左右が鏡で、天井にはミラーボールが吊るされている古い劇場に入った瞬間、理屈ではなく直感で「ここだ」と思った。私はここに来るべきだったのだと。初めて来た場所なのに懐かしく、一目惚れのような感覚だった。

そして四人のストリッパーたちのステージを見たが、自分が今まで抱いていたストリップのイメージと違ったのに、驚いた。最初から裸になっているわけではなく、踊り子たちは様々な衣装と音楽で、物語性のある舞台や、見事な踊りを披露する。

若林美保さんは、エアリアルシルクという天井から吊るされた布を使い、その長い手足を伸び伸びと動かし、宙に揺れ、さなぎになったり、金魚になったり、ステージで形を変えていく。

抒情《じょじょう》溢れる演目の美しさと切なさに心を揺さぶられた。

それから、どっぷりはまってしまい、時間を作ってあちこちの劇場に足を運ぶようになった。

ストリップ通いをはじめてわかったのは、若くてスタイル抜群の娘だけではなく、私と同世代やおそらく年上であろう人たちもいるし、そしてみんながみんな完璧な容姿ではないけれど、綺麗なのだ。整っているだけの「綺麗」ではなく、存在そのものが美しい。どの女の人も、ひとりひとり違う美を持って、輝きを発している。

その人のステージから発せられる熱量であったり、演技であったり、踊りであったりの、彼女たちの魂の表現に、それぞれの人生が漂ってきて、綺麗で、愛おしく、ときに崇高で手を合わせたくなる。

年をとっていようが、太っていようが、整った美貌でなくても、綺麗で、魅力的で、カッコよくて、人を幸せにしている。

今年に入ってからも、広島第一劇場に行った。

私がストリップを見るきっかけになった若林美保さんは、舞台や映画など、様々な場所で活躍していて、ストリップ劇場に乗る機会も少なく、だからこそ貴重な舞台だった。

彼女は、昨年二十周年を迎えたベテランストリッパーだ。東北大学工学部を卒業した才媛だが、裸の世界で長く活動している。

筋肉がしっかりついた彼女の背中を見ていると、いつも「人生」という言葉が思い浮かぶ。

二十年以上、裸を見せて生きてきた女の「人生」。

そこにはいろんな哀しみも苦しみも楽しいことも幸せもつまっている。

年月を経て自分の足で世界に踏ん張って生きている、たくましい女の裸を見ると、「ハードボイルド」という言葉が浮かんだ。


若い頃、漫画のヒロインは、オードリー・ヘップバーンのように、大きな目と「抱きしめると折れそう」な華奢《きやしや》な身体と細い腰で、男たちに「守ってあげたい」と思わせる女の子たちだった。テレビに出る「アイドル」だって、そうだ。

実際に、学生時代は、好きな女の子のタイプは？　と聞かれて、「守ってあげたくなる娘」と答える男もいた。

私はそういう「女の子」とは、中身も外見もかけ離れていたし、実際に、常に「対象外」とされてもいて、「女に生まれたのに、『女の子』になれない」コンプレックスを抱え続けていた。そこで努力をすればいいのに、卑屈になって歪《ゆが》んでねじくれたのだから、モテなさを加速させた。

しかし、今になって思うと、あの「守ってあげたい」というのは、結局、男が自分の優越感を満たしたいだけじゃないか、それ支配欲じゃないのとか、いくらでもツッコめる。だいたい、「守ってあげたい」雰囲気を醸し出せる女は、男に好かれる自己演出に長《た》けていて、中身が図太かったりするのは、今さらの話だ。

去年、三十代の女性と一緒にストリップに行ったときに、初めて見たという彼女が隣で涙を流した。なんで泣いたのかと聞くと、「あの人たちは、戦っているなと思いました」、そう感じて涙がこぼれたのだという。

私がストリップを見る度に、「女のハードボイルド」を感じるのと同じなのだ。

「孤高」の強さと輝きが、女たちに生きる勇気を与えてくれる。

若い娘も、若くなくても、ステージで舞う彼女たちを見て、勇気づけられる女性は多いだろう。

昔はどうだったか知らないけれど、私が見たストリップのステージは、女性讃歌だ。

女は綺麗だ。いくつになっても綺麗でカッコいい。

自分も女でよかった。

ストリップを見ると、いつも、そう思う。

＊追記

広島第一劇場は、二〇二一年五月に、惜しまれながら閉館した。

「不倫しても人気者」がいた時代はいずこ

今にはじまったことではないが、ネットでは今日も芸能人の不倫叩きで活気づいている。

ひとつの話題が終わりつつある頃に、また新たな話題が投入されて、大忙しだ。

ふたりとも五十代の、かつての清純派女優と既婚者の不倫が発覚し、叩かれまくっているが、週刊誌がほじくらなければこそこそ楽しんでいただけだから、さすがにほっといたれよと思うのだが、謝罪して番組降板にまで至り、「裏切られた奥さんがかわいそう！」コールを続ける人たちもいる。

当事者以外の人間が、そこまで人の不倫に怒る気持ちは、わからない。

ましてやこの世から消え去れ！　とばかりに罵倒したり、出演番組や事務所に抗議するエネルギーも、理解できない。

裏切られた妻がかわいそうだと、自分たちの怒りの理由を作るけれど、世の中には、たとえ悲しい出来事があっても、悲劇のヒロインになりたくない、被害者になりたくない、ましてや同情という娯楽の道具にされたくない人だっている。無責任な同情を屈辱的に感じる人も。

結局**「不倫叩き」は娯楽**なのだ。そして同情は、正義に酔わせてくれるので、たいへん気持ちがいい。お金のかからない、自分が正しいことをしてる気になれる娯楽のネタを、毎週のように週刊誌が提供してくれる。

けれど、みんなそんなに人を叩けるほどに、品行方正で、パートナー以外の異性に、実際に行為には及ばぬまでも好意を抱いたこともないのか。

そもそも「不倫をバッサリ！」断罪する芸能人たちには違和感がある。美男美女で魅力的な色気のある人たちだらけの芸能界、その世界で生きていく人たちは、そんなにも正しく道を踏み外さずに生きているのか。

ごくごくたまにテレビやイベントなどに呼んでもらい、本物の芸能人と遭遇したことは何度もあるけれど、圧倒されるような美男美女、漂うフェロモン、また成功している人たちは、内面も魅力的だったりする。こんな世界にいたら、私なら理性を抑えきれる自信がない。

だいたい、ワイドショーで、芸能人の不倫がどうこう言う人たちだって、過去にいろいろあったでしょ？　と、ツッコみたくなるのは私だけではないだろう。自分のことは棚に上げて、しらっと他人事のように、「ご家族がお気の毒ですねー」などと口にできる厚顔無恥な人じゃないと、無理な仕事なのでしょうね。

そんな不倫叩き真っ最中の時代に出した新刊は『情人』というタイトルで、阪神・淡路大震災から東日本大震災、一人の女性の二十年の恋愛や結婚、家族との向き合い方などを描いている話だが、基本的に不倫の話だ。

新聞広告も出してもらったが、「不倫、浮気、略奪愛。みんなしてることやんか――」と、タイトルの隣に大きく出て、我ながらタイムリーだなと思った。

結婚という制度と、性愛の快楽は、別のところにある。

そのふたつが上手く結びつけばいいけれど、それだって年月を経て変化もする。

出会ったときから、死ぬまで、心も体も深く愛し合ったままの夫婦は、どれだけいるのだろう。

好きで好きで心底惚れてはいるけれど、一緒に生活できない、結婚したらきっと関係は破綻するであろうことが見えている恋愛というのもある。

タイトルを「情人」としたのは、恋人でもなく、夫婦でもなく、セフレという言葉を使うのには重苦しく、肌が合って離れがたく、その人とのセックスが何よりも大切で、救いだったりする、そんな関係ってあるよね、という話だからだ。

わからないって言われたら、はいそうですねとしか答えられないのだが、私はそういう制度や道徳を超えるほどの力がセックスにはあると思っている。


今年のお正月明けに、大阪此花区《このはなく》の「此花千鳥亭」に足を運んだ。

昨年オープンした、上方の講談師たちが自らの手でつくった講談の小屋だ。

ここで、旭堂小南陵《きよくどうこなんりよう》さんの「阿部定」を聴いた。

大正時代、芸者や娼婦などの職を転々とし、勤めた料亭の主人・石田吉蔵と恋仲になり、ふたりで旅館に籠《こも》り朝も昼も晩もひたすらまぐわい、ついには戯れに首を絞めてそのまま殺してしまった阿部定の名はよく知られている。

男が死んで、その遺体を男の妻がさわるのが嫌だと、阿部定は男の局部を切り取り懐にいれ、シーツに血で「定吉二人きり」と書き、男の太ももに「定吉二人」と刻み、逃げる。

ひとりではなかった。自分の中に出たり入ったりして悦ばせてくれた、自分も散々しゃぶったり手で弄んだ男のものが懐にあるから、寂しくはない。愛おしくて可愛くて大好きな男のペニスが一緒だ。

定は逮捕されたが、「不倫の末の殺人」のはずなのに、世間の人気者となった。

人の夫だけれども、好きで好きで、抱き合うと身も心もとろけてしまい、離れられなくなって、一緒にいるときはずっと肌を合わさずにはいられなくて、もう世間とか、仕事とか、家族とか、すべてのものがどうでもよくなって——そんな快楽の果ての人殺しに、人々は熱狂した。

不倫はいけない。残された妻が気の毒すぎる。

それでも、人々が阿部定に夢中になったのは、社会性をかなぐり捨ててセックスに溺れた男女へ焦がれたからではないか。

小南陵さんが熱演した講談「阿部定」に、観客たちは圧倒されていた。

男に惚れて惚れぬいてセックスに溺れた末に破滅した女——。

阿部定を演じる小南陵さんから発せられる色気に呑み込まれた。

阿部定がやったことは、それこそ「不倫、浮気、略奪」、しかも犯罪ではあるけれど、羨ましいと思う自分がいた。

結婚して子どもを産み家族を作り、ひとりのパートナーと平和に暮らす「女の幸せ」よりも、破滅的な阿部定の「女の幸せ」に焦がれてしまった。


不倫はいけない。

人を傷つける。

わかっている。

でも、**人は正しく生きられない生き物だ**。

そのために法律やルール、道徳がある。

人が欲望のまま生きると、世の中は無茶苦茶になる。

でも、私が書きたいのは、正しい人ではなく、わかっていても道を踏み外し、苦しみ悩みながらも、快楽に身を沈める幸せを選択する人たちだ。

道徳の教科書を書いているわけではない。

だから、「私は正しく生きています！」なんて顔をして、他人の不倫を断罪するようなまねが、できるわけがない。

女性は子宮でものを考える、んなアホな

ずいぶん昔だが、雑誌で読んだある芸能ニュースが強く印象に残っている。

俳優同士の離婚のニュースだったが、妻のほうが子宮頸がんを患い、子宮を摘出したところ、夫に「もう女じゃない」と言われたのがショックで心が離れ、三下り半をつきつけたという記事だった。

子宮がなくなるから、「女じゃない」って、どういうこと？　女の人って、子どもを産むためだけに存在してるの？　じゃあ子どものいない女の人はどうなの？　と、もやもやしたものがこみ上げてきた。それまで、生理はあったけれど、妊娠した経験もなく、「子宮」についてちゃんと考えたこともなかった。

そろそろ閉経かな？　と思って、この連載をはじめたが、同世代や、年下でも、「私、もう生理ないよ」という人は、結構いる。早期閉経や、病気により子宮の摘出をした人たちだ。

彼女たちは、ホルモンバランスの乱れやら何かしら不調はあるかもしれないが、見かけは以前と変わりなく、普通に仕事をしているし、子宮をなくしたことにより「女終わり！」なんて

様子もない。

そもそも「女」とは、なんなのか。肉体の話か、心の話か、ジェンダーの話なのか。

子宮=女ならば、たとえば私は子宮はあるけれど、子どもを産んでいないし、これからも作ることはない。子宮がない人、子宮があっても子どもを産めない、産まない人は、どうなのか。もっと言うと、手術して男から女になった人、心が女で身体が男だって人も、たくさんいる。

子宮の有無や閉経が、セックスの快楽や性欲とどう関係しているのかは、私にはわからない。「子宮なくなっても問題ないし、性欲もある」という人もいるし、極端に「セックスの快感も性欲も終わりー!」ということではないだろうし、ましてや「女終わりー!」っていったい誰が決めたのか。

子宮があろうとなかろうと、女は女だし、子宮は臓器に過ぎない。

と、思っているのだけれど……。


以前から気になっていた、『呪われ女子に、なっていませんか? 本当は恐ろしい子宮系スピリチュアル』(著・山田ノジル)を読んだ。

冒頭から、なんだこれはホラーか??　と、恐ろしくなった。

この本では、最初に「子宮系女子」を取り上げている。

「子宮系女子」の存在は知っていた。大きな書店で、子宮系女子の本がたくさん並んでいるのを見て、こんなに需要があるのかと驚いた覚えもある。

「女の幸せは、子宮を大切にすることから」
「子宮の声を聞く」
「子宮の声を無視することこそ、病気と不幸のモト！」
「子宮は自分の中のパワースポット」

子宮から本音の声を聞くと、心身の不調が改善され、仕事も恋愛もすべて上手くいくらしい。子宮を温めると気の流れがよくなり金運にも恵まれるとか。

膣に入れて使うヒーリンググッズの存在も知ってはいた。パワーストーンを連結させたもので、様々なトラブルの改善にも有効だとか。

しかしこれは最初に聞いたときから、「膣にタンポンとバイブと男性器以外のものは入れないほうがいいのでは……」と思っていた。

ふと、壱岐《いき》に移住した子宮系女子の教祖的存在だった子宮委員長のブログを覗《のぞ》きにいくと、卑弥呼になるらしい。

さあどこからツッコんだらいいのか。

プロフィールには「子宮から届ける愛と性のメッセンジャー」とあった。

子宮って、そんなに万能の力があるのか。

んなアホな。

ただの臓器であるはずの子宮が、それほどにもエネルギーを持っていて、恋も仕事も上手くいき心身ともにパワーアップできるならば、なおさら子宮のない人たちは、どうなんだ。女じゃないどころか、人として生きていく力まで失ってしまうではないか。

子宮の声を聞いて生きている人たちは、子宮を摘出しなければいけなくなったら、どうするんだろう。

スピリチュアルが好きな女性は多い。

セックスをスピリチュアルに結び付けたがる人たちも、たくさんいる。

商売にしている人たちも世の中に溢れてはいるけれど、私はいつもそれらを疑わず信じている人たちが不思議でしょうがない。目に見えない、証明されないものが、綺麗な言葉で飾られてキラキラ輝かされ、そこに高い値段がつくことに、私ならまずそのキラキラの光の陰にある闇に眼を凝らす。

キラキラした綺麗な言葉は、悩める人たちの大好物だが、それらをもっとも口にするのは、詐欺師と人の弱みにつけこむ商売をする人間たちだ。

私がまず疑うのは、スピリチュアルへ依存し大金を注ぎ込み、心身の不調を悪化させる人や、家族と揉める人たちを知っているからだ。救われた人もいるかもしれないけれど、不幸になってしまった人が、たくさんいる。精神世界への傾倒がオウム真理教事件を引き起こしたことを、私たちは学ばなければいけないのに。

心身の不調は、まず医者に行くべきだ。霊媒師やスピリチュアルなんとかよりも、医学を学んで国家資格を持つ医者に頼り、診断を受けて治療をされるほうが先だ。医学の力では救われない、どうしようもなくなった際に神や仏にお願いするのはわかるけれど、それにしても頼る相手を見極めて欲しい。

肩が凝ったら、「霊に憑《つ》かれた！」と祓《はら》うよりマッサージや鍼灸が先だ。あるいは運動。ちなみに私はワコールのセミオーダーブラにしたところ、肩が本当に軽くなった。

子どもを産むために女性に備わっている子宮という臓器は、よく「女」という性の象徴に使われる。

官能小説には、「子宮が疼《うず》く」「子宮に響く」なんてフレーズがたまに登場するが、そんなもの比喩に過ぎない。

「女は子宮で考える」というのも昔から言われるけれど、だいたい「女は感情的である」という差別的な意味の文脈で使用されることが多い。頭を使わない、冷静さを欠いている、というような意味だが、そもそも男で感情的な人、たくさんいるだろう。

バカな男が「子宮がなくなったら女じゃない」なんて、たわけた言葉を吐くのは、「アホか」と鼻で笑ってやれるけれど、女が女という性に呪いをかけるのは、恐怖でしかない。

繰り返し言うけれど、子宮は人間の臓器のひとつです。

女の身体の中に、パワースポットはありません。

女には誰でも黒歴史があるというけれど

つい先日、特別公開している泉涌寺《せんにゅうじ》に拝観するために、京阪電車の七条駅から南へ、帰りは泉涌寺道から東山七条を歩いた。

私は兵庫県北部の田舎から出てきて、十八歳のときに東山七条の京都女子大学に入学し、十年以上、この辺りに住んでいたので、馴染みの場所だ。

以前、住んでいた下宿の近くを通ると、様々な記憶が蘇《よみがえ》ってきた。

すべて、ろくでもない黒歴史だ。

常々、私はこの連載で「五十歳目前だけど、若い頃より今のほうが幸せ」と言っているし、心の底からそう思っている。でもそれは、若いときにいいことがなかったからだ。

大学に入ったものの、同世代の人間と話が合わず、無理に合わせようと振る舞うと、あとで落ち込むだけだった。田舎者、不細工でスタイルが悪い上に、変わり者扱いされることも多く、劣等感は増幅し、おまけに大学の授業にもついていけず、通学しなくなり留年した。

女としても下の下の下の最底辺で、周りの「女の子」たちのように女子大生ライフをエンジヨイできない。恋愛など縁遠く、彼氏なんてできるわけがないし、処女でキスもしたことない。

一度だけ合コンに行ったことがあるが、容姿のことをからかわれて、途中でトイレに行くふりをして帰ってしまい、それから二度と出会い目的の飲み会には行かなくなったし、今でも知らない人がいる場所に行くと、「お前のような醜い人間は帰れ」と思われている気がする。

そのくせ性への興味は強く、勇気を出して近所のビデオ屋のアダルトビデオコーナーに足を踏みいれ、AVにハマってしまった。ネットのない時代で、保守的で真面目な親に育てられた田舎者の私は葛藤した。大学の同級生たちは「私はその気ないんだけど、彼氏が身体を求めてくるので悩んじゃう」みたいな女子たちばかりで、処女でAVにハマっていることなんて誰にも言えないし、そういう自分が気持ち悪いとも思っていた。

大学は留年したあと中退し、なんとか正社員として就職した頃に、知り合いだった二十二歳上の男と初体験をした。生まれて初めて、私に興味を持ってくれた男の人だった。けれど、その興味は恋愛感情ではないことも知っていた。これを逃すと、私は一生、処女のままだとホテルに行ったが、その際に、「金に困っていて、実家に戻らないといけない」と頼まれ、消費者金融三社から借りた合計六十万円を渡した。

二十五歳になったばかりの私は処女喪失と引き換えに借金を背負い込んだ。六十万円ぐらいなら返せると最初に考えていたのは、大きな間違いだった。

そこからはもう「転落」と言っていいほどで、男は何かと理由をつけ性行為と引き換えにお金を要求し、私のような醜いクソ女を相手にしてくれるのはこの人しかいないと信じて、それに応えた。利息も高く、あっという間に借金は数百万円になり、どこで番号を知ったのか、あやしげな金融会社からも連絡が来るようになった。

支配的で高圧的な男から、お前のすべてが気にいらないとばかりに否定され、怒りをぶつけられ、言葉を発することもできなくなった。

今になって考えると、あれは暴力、ＤＶだった。精神的に私は追い詰められていた。

会社に消費者金融から電話がかかり、仕事も辞めることになった。借金が膨れ上がるとともに生活が立ち行かなくなり、二十代後半の私の中には、自殺願望と男への殺意が満ちていた。

何しろ金がないので、遊びに行けず、友人もいなくなったし、うしろめたさで親とも縁を切ったような状態だった。誰にも助けを求めず、男を殺して自分も死ぬしかないと思って過ごしていた。夢や希望など私は持ってはいけないものだった。それらを楽しげに語る人たちを、羨望と憎悪の交じった目で眺めながら鼻で笑っていた。

結局、金目当てで伝言ダイヤルで知り合った男と関係を持ったおかげで、私は初めての男と離れることが出来たが、借金は残る。二番目の男もなかなか最低で生活はさらに破綻して、「死にたい」と朝起きるたびに唱えていた。

同世代の女性たちは、優しい恋人にプレゼントをもらったり、海外旅行に行ったり、楽しく仕事をして評価されキラキラ輝いているが、私が男にもらったものといえば、京阪七条駅のマクドナルドの半額キャンペーンのハンバーガーだけだ。

　未だに大学生が喫茶店などで楽しく話している様子や、映画館で流れる青春映画の予告編で、可愛い女子と爽やかイケメン男子の胸キュンラブストーリーなどを見ると、自分には縁のなかった世界だと胸が苦しくなる。

今の私は間違いなく幸せだし、「過去のことは忘れなさい」と言われもするけれど、人間というのは未来ではなく過去で出来ている。そしてその過去の欠乏を埋めるために、生きているような気もする。

　結局、三十歳を幾つか過ぎて、家賃を滞納し、消費者金融から実家に電話が行き、私は京都を去って実家に戻った。そこからは工場などで朝も晩も休日もなく働く生活が数年続き、三十代半ばで京都に戻ることができて、今に至る。

　借金を返してもらおうと男の母親に連絡すると激怒した男が脅しに来たり、男への殺意がつのり包丁を目の前に並べていたマンション、飛び込んだら楽になれると毎回考えていた踏切、この窓から落ちたら一瞬で死ねるだろうかと見下ろしたビルの窓、醜く男に相手にされないくせに性に興味が強い自分を責めながらAVを借りていたビデオ屋の跡地などを歩き、あらためて**自分の人生はバカでロクでもない**と嚙みしめた。

　そんな過去があるから、今の自分があるのよと、励ましてくれる人はいるけれど、できれば二度と経験したくないし、生まれ変わるなら、自分が男に愛され求められることを信じて疑わない女の子として生きたい。

今でも携帯電話に知らない番号で着信があると、借金の取り立てか高金利の勧誘の電話かと、心臓がバクバクする。

もう、そんな電話がかかってくるはずがないのに。

春には私は四十九歳になり、来年には五十歳になる。

まさか自分がこんなに生きるとは思わなかったのが本音だし、積極的に生きているわけではなく、「死に損なった」という感覚のほうが強い。あの生活が続いていたら、私は本当に男を殺していたか、自死を選んだだろう。

ただ、四十代半ばを過ぎてからは、「生きたい」と思うようになった。

そして、あのとき、死ななくてよかったとも、黒歴史の街を歩きながら、考えていた。

死ぬほどセックスしたい女はダメなのか

前回、黒歴史と処女喪失の話を書いたけれど、しょっちゅう聞かれるのが、「なんで処女喪失をするために六十万円も払うの？？」だ。

「理解できない」「信じられない」と、よく言われる。

私とて、いくら容姿が悪くても若かったし、その男に執着せずとも、セックスの機会ぐらいはあると今になってはわかるのだけど、当時は周りが見えなかったのだとしか言いようがない。

つまり、バカなのだ。

そして、そこまでしても私はセックスがしたかったし、この男を逃すと一生自分は処女だと思い込んでいた。

それだけセックスがしたかった。

今ならネットで女性向けのアダルトサイトもたくさん見られるし、昔と比べてオープンにセックスの話もできるようになった。何しろ、女性向けの官能小説やＡＶ、風俗まである。今の若い人からしたら、当たり前に手に入り楽しめるものだろうけれど、私にとっては夢のような時代だ。

私が若い頃は、ポルノは男性の物だったし、自らの性欲を口にできるのも男性だけだった。本当は、女性だとて性欲はあるし、オナニーだってするけれど、そんなことを言うと頭がおかしいと思われそうだったし、「はしたない」ことだった。

特に私は田舎から出てきて、保守的な環境で育っていたから、女は初めてのセックスの相手と結婚するもんだと思い込んでいた。

周りの女性たちの「体験談」も、「彼氏がしたがるから、仕方なく」「なんで男の子って、あんなにしたがるんだろう、私はそうでもないのに」「私はしたくないけど、彼氏が頼むから彼の性器を口にしている」と、本音かどうかは別として、求められるから与える、受け身な女たちが多かった。

ポルノではないけれど、少しばかり性的な内容の小説や漫画を読んでいるだけで、同世代の男の人に眉を顰《ひそ》められたこともあった。

だから私はAVを見ていることも、ずっと誰にも言えなかった。変態扱いされるのがわかっていたし、自分自身も「**私はおかしい**」**と思っていた**。

男の人の性欲は肯定されるどころか、無いのがおかしいとまで言われるのに、女は逆だ。それほどまでに、男と女は違う生き物なのだろうか。

私にとって性欲はうしろめたいものだった。セックスしたくても男に求められず性の対象ではない自分は、ますます「自分は異常だ」と思い詰めて、せめて処女でなくなればこの苦しみは消えるかと、男の要求を受け入れ消費者金融で金を借りてまでセックスした。

性愛を描く小説家になった今なら、セックスしたいという欲望も書けるし口にもできる。けれど嘲笑したり、侮蔑してくる人は絶えない。

「あんな小説を書いている人だから、どういう人かと怖がっていたんですが、会ってみると案外普通の人ですね」とよく言われるが、性を描く女は、鼻息荒く「男ー！　私に男をくれー！　やらせろー！」と手当たり次第男を漁る色情狂だと思う人もいて、こっちがびっくりする。私は小説で、人が当たり前に持つ欲望しか書いていないのに。

それでも共感してくれる人がいるから、私はこうして小説を書き続けることができるので、本当にありがたい。同時に私が長年、うしろめたさを抱えて苦しんだ自らの欲望が許された気になる。

ある小説の中のフレーズで、私の心を強くとらえて離さないものがある。

「自分が、若さを奪い取られつつあると感じるようになると、反対に、性愛に対する欲望と飢えが強まっていった。セックスを反吐《へど》が出るまでやりぬいてみたいという、剝き出しの欲望から一瞬たりとも心を外らすことができない期間があった」

三十八歳でデビューして、一九九三年に五十二歳の若さで亡くなった森瑤子のデビュー作「情事」の有名な一文だ。

セックスを反吐が出るまでやりぬいてみたい。

――この飢餓感、この欲望、身体だけではなく猛烈な心の渇き――私のことだ、と思った。

当時、私はまだ若かったけれど、単純に男のように射精して出せば済むものではない、底なしのセックスへの欲望が言葉にされていることに感動し、震えた。

男性向けの官能小説なら、「反吐が出るまで」なんて表現はされない。

ここにあるのは、女の正直な言葉だった。

そしてまさに、今、「若さを奪い取られつつあると感じるようになる」年齢になって、あのときとは違う、もっと複雑で、もっと深く、もっと切実な欲望を感じるようにもなった。

若い頃のように、とにかくセックスしたいというものではなく、深い欲望に身を沈めたい、知りたい、それを描きたいという欲望だ。

私と同世代の女性は、「性欲がなくなった」「セックスなんてもうしたくない」と口にする人も少なくない。

私自身はどうかというと、性欲がなくなったわけではなく、形がかわった気がする。

だからこそ、慎重にもなるし、昔のように好奇心だけで突っ走れもしない。

と、こういうことを書けるようになったのも、ありがたい。

なんせ昔は、淫乱で性欲の強い女は、ポルノの中の生き物だったし、そこにある女の性欲は、男にとって都合のいいものに過ぎなかった。

本物の女の性欲を見せつけられたら、萎える男はいるだろう。

女は射精をしないので、果てがない。

つまりは底なしだ。

団鬼六賞大賞を受賞してデビューしたとき、自分がいきなり性を描く世界の人間になったことで戸惑ったし、それがゆえに嫌なこともたくさんあってやめようと思ったこともあったけれど、今は男が目を背けるほどの「女の欲望」を描こうと思っている。

若くない女の、果てのない、飢えと渇きと底なしの快楽を。

もうすぐ春。サクラといえばツーショットダイヤル

男にモテなさすぎて、処女時代が長く、やっと喪失したものの支配的な男とのつきあいは自尊心を傷つけるだけだった二十代で、私が一番恐れていたのは、「男の欲望」だった。セックスがしたい、性欲はあるし興味も強いのに、いつも男からは性の対象外で、容姿を侮蔑、嘲笑されるばかりだった。私がどうしてあんなにも傷ついて苦しんでいたのかというと、欲しいけれど手に入らない「男の欲望」の正体がわからなかったからだ。

恐怖のあまり、男を憎んでいた。それは私を傷つけるものだったから、憎悪の対象だったのだ。

二十代で、消費者金融での借金を抱え、勤めていた会社の給料だけでは全く返済が間に合わなくなった。アルバイトをしたいが、昼間の仕事が不定期なシフト制だったので、やれることが限られている。

そんなときに、以前から興味があった高収入求人誌を開いていて、「これならできるかも」と思ったのが、ツーショットダイヤルのサクラのアルバイトだった。男をひとりしか知らない

のと、自分の容姿が通用するわけないのはわかっていたので風俗の仕事は抵抗があったが、電話のバイトなら関係ない。

ツーショットダイヤルとは、テレクラとは違って店舗ではなく、男の人は自宅から様々な女の人と話して、時間ごとに課金されるシステムだ。その電話を受ける女のほうだが、はっきりいってほとんど「サクラ」つまり、「寂しいからかけてきちゃったー」と言いながら、話を長引かせてお金をもらうバイトだった。

これなら好きな時間にできる！ と登録した。

主に、普通の会話のコースと、エッチな会話のコースがあり、エッチのほうが料金が高い。普通の会話と言っても、最終的には「外で会おうよ」と出会いが目的の人が多く、エッチな会話のほうは、テレフォンセックスだ。

直接会いたがる男との話を長引かせるのはなかなか難しく、テレフォンセックスのほうが楽だった。電話だから、お互いの姿は見えない。とりあえずアンアン言っておけばなんとかなる。

最初にもらったマニュアルには、「エッチコースのときは、ヨーグルトを用意してください」とあった。テレフォンセックスが盛り上がると、ほとんどの男は「濡れてる？ 音聞かせて？」と言ってくる。ほら、音するの聞こえる？……こんなに濡れてるの……と、スプーンでヨーグルトをかき混ぜるために必要なのだ。

あと、**「干支の一覧表を手元に」**ともマニュアルにあった。年齢を聞かれたときに、向こうもサクラが多いのを承知して、「干支は？」と聞いてくる。そんなときのための、年齢と干支の一覧表だ。

このバイトをはじめてわかったのだが、かけてくる人は、必ずしも「出会い」と「テレフォンセックス」目当ての男の人たちばかりではなかった。

妻と離婚し、毎日ひとりで寂しいという人や、ペニスが小さくて女性とつきあえない、風俗に行ったけれどダメだったという人もいたし、今、イタリア出張中！　という妙にハイテンションの人や、ビニールのレインコートを裸の上に羽織っていて興奮してるんだという人もいた。どこまでみんな本当のことを言っているのかわからない。そもそも私のほうだとて、嘘のプロフィールで、「エッチで寂しい女の子」を演じているのだから。

実のところ、知らない人と話して何が楽しいのかわからないし、好きでもない男とテレフォンセックスして気持ちよくなるわけもないし、ひたすら冷めた気持ちではあった。けれどお金をかけてまで、こうして知らない女と話そうとする男たちの気持ちは理解できないなりに嫌ではなく、「**男ってバカだな**」と思う半面、男の人に対する恐怖感が薄れていった。そして、男の欲望の中にある寂しさや欲望にふれると、憐《あわ》れみを感じた。

私の性欲には、寂しさがつきまとっていた。

単純に、セックスしたいだけではなく、孤独を紛らわせたい。

惚れて惚れられての恋愛は、私にとってはハードルが高く、手の届かないものだった。

けれど、恋愛ではない、ただのセックスならば、私にもふれることはできそうだと思った。私の寂しい性欲は切実なものだったけれど、私が恐れていた男たちも、同じだった。

それまで男はひとりしか知らなかった私は、このあと、ツーショットダイヤルのサクラのバイトで話が合ったライターと直接会うのを入口に、「男の欲望」の世界に、ほとんど荒療治のようにつっこんでいくことになる。

得体の知れない男の欲望の世界にふれて、気がつけばそれから十年後には、エロ本で書く仕事をもらったり、官能小説で賞をとっていた。

騙されたり、金取られたり、DVされたりと、男を見る目のない人生を送ってきて、今もうんざりすることは多いけれど、幸いにも男そのものに対して長年抱いていた憎しみはほとんどなくなった。

それはたぶん、私が恐れていた「男の欲望」をネタにして小説を書いて生きているからかもしれない。

欲望は人の弱さで、だからこそ心を守るために人は鎧《よろい》を纏《まと》う。その鎧を剝ぐのがセックスだ。セックスほど、人を露わにするものはない。

こんな面白いものを描けるなんて、楽しいにきまっているではないか。

眠れない夜に男の数を指で数えて

言葉が刺さる、というのは、こういうことか、と思った。

数年前、京都で、女優・白石加代子の「百物語」の公演を観たときだ。

その日、朗読されたのは、林芙美子の『晩菊』だった。林芙美子は、代表作である『放浪記』『浮雲』など、何冊かは読んでいたけれど、『晩菊』は未読だった。

物語は、人気芸者だった「きん」という名の、五十六歳の女が、親子ほど年齢の違う昔の男が久しぶりに訪ねてくるという連絡があり、身づくろいする場面からはじまる。

「別れたあの時よりも若やいでいなければならない。けっして自分の老いを感じさせては敗北だ」と、きんは、顔をマッサージし、冷酒をあおる。薄《う》っすらと酔うと、目もとが紅く染まり、大きい眼がうるみ、顔に艶が出る。**自分を美しく見せるために酒を飲むのだ。**

「五十六歳と云《い》う女の年齢が胸の中で牙をむいているけれども、きんは女の年なんか、長年の修業でどうにでもごまかしてみせる」と、クリームを塗る。

少女の頃から美しさを称賛され、男を渡り歩いてきた女は、自分が女であることを忘れたくない、「**まだ、男は出来る。**それだけが人生の力頼みのような気がした」と、昔の男が自分に会いにくることで、老いを慰めている。

白石加代子の口から発せられる「きん」の言葉が、ひとつひとつ私の身体にしみこんでいった。その言葉は刃物のように尖っていて、少しばかりの痛みをはらんでいるけれど、いったん身体と心の中に入ってしまえば、私の一部になる。

物語は、きんの期待にそぐわぬ形で、皮肉な展開が待ち受けているが、それも含めて、「女が、女であろうとする」切なさと美しさに、心を揺さぶられた。

帰宅した翌日、『晩菊』を購入して読んだ。それから、何度も、何度も読んでいる。きんは、五十六歳。平均閉経年齢が五十歳前後とされているからには、おそらく既に閉経しているだろう。

私がその年齢になる頃には、「まだ、男は出来る」と、思うことができるだろうか。閉経して、性欲もなくなり、男なんていらない、ひとりで生きていけると、それまでの男への執着を忘れたかのようにサバサバとしているだろうか。

きっと、そのほうが楽なのだろうけれども、私は自分が長年苦しんだ「男が欲しい」という欲望を捨てるのが、ひどく寂しいことのようにも思っている。

男を必要としているのは、自分は女だと思いたいからだ。それは自己愛に他ならないのは承知しているけれども、求めるのをやめられない。求めるのは苦しいし、傷つくことも多いけれど、男のいない人生なんて寂しくてたまらない。

『晩菊』で、心に残るのは、きんが、真夜中に眼が覚めると、娘時代からの男の数を指で折り、数えている場面だ。あのひととあのひと、それにあのひと……数えているうちに、男の思い出に心が煙たくてむせてくる。

もう若くないと老いを自覚すると、「**あと何回、男と寝るのだろう**」「自分の人生、最後の男は誰になるのだろう」と、ふと考えるようにもなる。

私も眠れない夜に、昔の男を数えることもある。実のところ、名前を忘れてしまった人、顔も覚えていない人もいれば、二度と顔も見たくない人、思い出すだけで不快になる人もいるのに、数えてしまう。

寝た男の中には、死んだ人もいるし、つながりがあり数年に一度ほど顔を合わす人もいるが、もうおそらく一生会わないだろう人が、ほとんどだ。男と寝たことなんて、女に何ももたらさないと思って心を守ってはいるけれど、それでも、あともう少しで閉経してしまうのだという年齢になって、記憶をたどる。決して、甘くもなく、いい思い出でもないはずなのに。

それは彼らへの未練や執着などではなく、感傷ですらないけれど、寝た男たちを思い出すことで、私は自分が女であろうとしているのに気づきもする。

林芙美子は昭和二十六年に四十七歳で亡くなっており、『晩菊』を発表したのは、その三年前、四十四歳のときだ。

『晩菊』の主人公「きん」より、一回り若いことに驚いた。

そして自分が、林芙美子が亡くなった年齢も追い越してしまっていることも。

『晩菊』を読む度に、胸が痛むけれど、その痛みには蜜のような舌に残る甘味がともない、喉を焼く。流し込まれた蜜が、臓器に纏わりつき、身体の奥にある女の芯にたどりつく。男にふれられたとき、優しい言葉をかけられたときに、悦びをもたらすところだ。

悦びをともなう痛みにひたれるうちは、「きん」のように、「まだ、男はできる。それだけが人生の力頼みのような気がした」と、男を生きる糧にできる。

『晩菊』を読んでわかったのは、私は男が好きだったのだということだ。

男にはずいぶんと嫌な目にあって憎んだときもあったし、男に求められないあまりに男嫌いを演じたときもあった。

男がいないと生きていけない。

男は必要だ。

そう思う女を、愚かだと非難する人はいるだろうけれども、私は自分がやっとそうやって生きられるようになって幸せだと思っている。

若くなっても、男は欲しい。

いや、若くないからこそ、男が必要だ。

『晩菊』を読むたびに、自分の中の男への想いに小さな火が灯《とも》るのを感じている。

この春、モテたい女子たち必見！

年を取ってよかったことのひとつに、「モテたい」という気持ちが薄れたというのがある。全くゼロとは言わないし、同世代でモテてる人を見ると、「どーせ私は」と卑屈になることもあるが、その程度の僻《ひが》みは一瞬で忘れるし、昔ほどの羨望や嫉妬心はない。加齢による体力気力低下のおかげで、人間関係が年々めんどくさくなっているので、モテないことで本気で落ち込んだりしない。

今の私には、モテる、つまりは不特定多数の人に好意を抱かれることで得られる自信や、承認欲求であったりのメリットよりも、デメリットのほうが多いように思える。

モテない人生を歩み続けてはいたが、小説家になって、知人の腕のいいカメラマンに撮ってもらった見栄えのいい写真をアイコンにしていると、SNSで、おそらく私の本を買ったこともないであろう人を含めて、「会いましょう」だの、もっとストレートな誘いも来るようになった。

「小説家、バスガイド」は、人の興味を惹くので、SNS以外でも、男女問わず、たまに強引なほどに「飲みに行きましょう」「友達になりましょう」などと言われる。

私が「誰とでも仲良くなる！」「人間大好き！」「友達いっぱい欲しいな！」というような、オープンでポジティブな性格ならば、お誘いを受けもするだろうが、そもそも、クローズでネガティブな上に疑い深い性格なので、なるべくなら仕事以外で人と会いたくないし、ましてや知らない人、特に不特定多数のいる飲み会はすさまじく苦手で遠慮したい。

いきなり距離をつめてくる熱量の高い人ほど、私が自分が期待していた人間ではないと気づくと、「そんな人だとは思わなかった」と言い放ち去っていくか、なぜか怒って周辺に悪口をいいはじめたり、「思ったより普通の人ですね」とがっかりされたりで、ものすごくめんどくさい。

私としては、SNSも、トークイベントなどで人前に出るのも、本の宣伝のためにやっているもので、私個人を好きにならなくてもいいし、ましてや友達を増やすためにやってるつもりはないのだが、「親しくなりたい」「好奇心交じりの好意を抱く」人たちが、わらわら寄ってきて、誘いを断るだけでも、気を遣う。

実のところ、なるべくひとりでいたいし、今はそこそこ仕事も忙しく、昔からの友人とも会う機会は滅多にないので、親しくない人と会う余裕はない。ちなみに今年に入って、誰かと一緒にご飯を食べたのは、仕事関係以外では一度だけだ。もう春になろうとしているのに……。

仮に私が、もっと若くて美人で愛想がよくて、恋愛感情で近寄ってくる人が増えると想像すると、めんどくささにゾッとする。好意を抱かれ、誘いが来て、それにいちいち応えるのも時間とエネルギーを費やすし、ましてや恨まれないように傷つけないように断るのは神経を使う。

若い頃ならば、時間も体力もあったから、「うふふ、私ってモテる」と、優越感にひたりながら対応できたかもしれないが、年をとり、時間も体力も気力も減少しているのを感じると、本当につきあいたい人とだけしか会いたくない。不特定多数の人の好意に応じたり距離を保つ元気がないのだ。

もしも今からの人生、まんがいち「モテる」ことがあっても、対応できず疲労するだけだろう。

ネットにも女性誌にも「モテるため」にどうすればいいかという記事が溢れている。そんなにみんなモテたいのか、その先には何があるのかと考えたりもするのだが、嫌われるよりは好かれたほうがいいし、得をすることも多いのは間違いない。

モテなくていい、とは絶対に思わない。

なぜなら、私自身が、死ぬほどモテない人生を送ってきて、結果どうなったかというと、卑屈になり嫉妬に苛《さいな》まれ、歪んでしまったからだ。

若い頃は、それゆえに「私なんかを相手にしてくれるのはこの人しかいない」と、自分を痛めつけるような男ばかりを好きになっていたし、ロクなことはなかった。今でもたまに誰かに好かれると、「この人は私のどこがいいんだろう」とか、「何か他に目的があるんじゃないか」

などと疑ってしまう。

モテすぎるのはめんどうかもしれないが、モテなすぎるのは、私のように難のある性格になってしまい、その結果、周りを傷つけたり不快な想いをさせることもあるので、よくない。

だからずっとモテる人が羨ましかったが、五十歳が近づいて、やっとそこから卒業できそうだ。


しかし「モテるために」の記事を読むたびに思うことだけれども、「恋愛」と「モテ」は、対極のものであるのに、いっしょくたにされがちだ。

不特定多数に好かれる「モテ」と、ひとりの人を好きになって深く愛する「あなた以外の人はいらない」状態とは、全く反対のものだ。

モテてモテて困っちゃう！　人たちよりも、一対一で、深く愛し合い続ける人たちのほうが、幸せそうに見える。

SNSで、たまに、知らない男の人から、「モテる自分がどれだけたくさんの女とセックスしたか、超絶テクニックで女をイカせているか」自慢のメールを送ってこられる。モテモテイカせ自慢よりも、ひとりの女だけを愛しぬく男の人のほうが、魅力的なのにといつも思うが、それほどまでに、「モテる」呪縛に囚《とら》われている人が多いのだろう。

モテるより、男も女も誰かを生涯愛しぬける人のほうに、私は興味がある。

こんなときはひとり上手に

小説家になってからの一番の気晴らし、ストレス解消は旅だ。

基本的に、ひとり旅。

まずカレンダーを見て、スケジュールをたて宿をとり、旅行する日を決めると、その日までに今やってる原稿を仕上げる！　と、馬力も出る。だいたい、大きな原稿の締め切り翌日は旅に出ている。

そんなに時間とれないから、一泊二日か、二泊三日程度の国内旅行だ。

旅のことを考えているときが、一番楽しい。

昔から、旅はいつもひとりだった。

大学のときに、一度、当時仲が良かった友人と旅行をしたが、長時間一緒にいると普段は気にしないところが目について、その友人のマイペースさが、ノロさにしか感じずイライラして、その後、距離もできた。

二十代、三十代は、借金もあったし何より働きづめで時間がなかった。だから、せめて仕事でどこかに行きたいと、派遣添乗員をやったり、旅行会社で働いた。

いつもひとり旅なのは、友だちが少ないのと、人と日程を合わせるのがめんどくさい、旅先ではその場の思いつきで好き勝手に行動したい、好きなもの食べたい、気を遣うのがダルいと考えると、結局ひとりが一番楽なのだ。

そもそもバスガイドとか添乗員の仕事をしている私が言うのもなんだが、団体旅行が苦手だ。人と合わせたり、決められた時間や行程で動くのが、年齢と共に段々と苦痛になっていた。

そして私はひとりでいるのが、全く苦にならない。

今でこそ、女のひとり旅は珍しくもないけれど、若い頃にひとりでどこかに行くと、いちいち「寂しくないの？」と言ってくる人がいた。

旅行だけではなく、映画や観劇、食事も「ひとりなんて寂しいよね」と、同情交じりの視線をよこされる。

いや、私からしたら、**ええ大人が、いちいちひとりで何もできひんの？**　と、言いたくなりもするのだが、「友だちがいないから、ひとりであちこち行く」私が、すごくかわいそうに見えるらしい。

昔は、温泉地の旅館も、ひとりで泊まれるプランはそんなになかった。基本的に、家族か夫婦、恋人同士、グループで来るものとされていた。

今は温泉地に女ひとりなんて、珍しくもないし、ひとり旅応援プランなんてのも旅館にあるから、ありがたい。

ひとりで街を歩き、地元の美味しい食べ物と酒を堪能し、道後や芦原《あわら》温泉なら、女ひとりでストリップ鑑賞もできる。最高だ。

そもそも、なんで「寂しいね」なんて思われるのか、わからない。

バスガイド仕事で、「ひとり旅歓迎」のバスツアーをガイドすることもあるのだが、そこに参加する女性たちはみんなひとりでも楽しそうだ。それを見ていて、「一緒に来てくれる人がいないなんて、かわいそう」とは思ったことがないし、こうしてひとりで旅を楽しめる大人になりたいと若い頃に憧れていた。

今、この年齢になって考えてみると、ひとり旅を「寂しくない？」と、聞いてくる人って、私が結婚してから、「子どもがいないなんて、寂しくない？」「子ども、作ったほうがいいよ」と、言ってくる人たちと同じ種類なのかもしれない。

人それぞれ違う幸せや楽しみがあるというのをわかってくれない人とは、会話が成立しない。ひとり旅も、子どもを作らないのも、いくら「寂しくないよ」と言っても、強がっているふうにとられてしまうのだから。

そもそも、「ひとりは寂しい」と言いたがる人たちだって、いつひとりになるかわからない。独身だと孤独死まっしぐらだなんて言う人たちがいるけれど、結婚したって、一緒に事故にでも遭遇しない限り、どちらかが先に死に、どちらかが取り残される。子どもがいても、面倒を見てもらって縛りつけたくはないし、家を出て好きなように生きて欲しい。

そうなると、結婚しようが子どもがいようが、**最終的にはひとりで暮らし、ひとりで死ぬのは、当然のことじゃないか。**


有名人が亡くなったときに、気の毒だ、と憐れむようなニュアンスで「孤独死」という言葉が使われるけれど、基本的にほとんどの人間は施設にでも入らない限り孤独死の可能性が高い。

それならばひとりで死ぬ覚悟ぐらい持っておいたほうがいいし、普段からひとりで楽しめる暮らしができたほうがよくないか。

若い頃は、孤独死なんて、私もひどく恐ろしいもののように思っていたけれど、今、この年齢になって、それが確実に近づいているからこそ、ひとりで生きて、ひとりで死ぬことが現実味を帯びて迫っている。


私は男運が悪いと言われる人生を送ってきたけれど、だからこそ、男に期待してはいけない、ひとりで自分が食えるほどの糧を得て生きていかねばならない、その技術を身に付けようと三十歳を過ぎた頃に強く思って、それなりに努力もした。クズ男たちのおかげで、自立できたと言っていい。

白馬の王子様が私を迎えに来てくれて、食うに困らぬ一生安泰の生活をするなんて夢は、早くから捨てられたおかげで、生きていられる。

男でも女でも、老後に向かってやるべきことは、孤独に慣れることであったり、ひとりで人生を楽しめるようになることではないか。

孤独は人の心を蝕む。

インターネット上で匿名で罵詈雑言を一日中呟《つぶや》いている人や、リアルな生活の中でも見境なくあちこちに文句をつけたりしている人たちを見ると、この人たちはとても孤独で、人の嫌がることをして世の中とつながることしかできないんだなと思う。

孤独や寂しさに慣れてこなかった人たちなのだろうとも。

どうせいつかは身体がいうことを聞かなくなり、自由に動けなくなる。ならそれまでに、できるだけ旅をしたい。ひとりで自然や街を見てまわる旅。

コロナ騒動で、身動きがとりにくい今だからこそ、旅に出たくてたまらない。

＊追記

今までひとりで旅したり、飲んだりするのは「寂しい人」のように思われていたが、コロナ禍で、おひとり様が推奨されて、自分は間違ってなかった！　となっている。

緊急事態で浮き彫りになる不倫の諸問題

新型コロナウイルスの感染拡大予防のため、なるべく外に出ない日々が続いている。旅行もできない。自分が感染するのもだが、うつす側になり、誰かの命を危険にさらしてしまうのではと考えると、こわい。外国の様子を見ていると、外に出て人混みに行くのは本当にやめるべきだと思う。

そしてコロナに感染した人が、ナイトクラブやライブハウス、タワーマンションのパーティに参加していただとか、プライベートが公にされ叩かれるのを眺めていて、このところ、気になることがあった。

世の中にごまんといるはずの、不倫をしている人たちは、どんな想いでいるんだろうか。

夫婦や恋人ではなく、人に言えない、うしろめたいつきあいは、この状況では自由に会ったり、デートもままならない。不倫カップルがデート中に感染したら、行動が逐一バレて家族にも知られるかもしれない。出張が取りやめになっている会社も多いから、嘘をついて泊まりに行くのも難しいし、相手が家族と過ごす時間が増えて、嫉妬や不安で悶々としている人もいるに違いない。

私は、**人の気持ちは制度や道徳に縛られない**と思っているので、「不倫ダメ！　絶対アカン！」とは言わないけれど、やはりこういう非常事態のときに堂々と会えないのは、リスクが高く悲しい関係なのだというのを痛感する。

深く愛し合い、世間も認めたパートナーであっても「不倫」な関係は、いくつかある。

離婚しない理由は、宗教上の問題であったり、子どもの存在であったり、一方の意地であったりと、さまざまだ。

先日、女優の宮城まり子が亡くなった。宮城まり子といえば、「ねむの木学園」の運営者としても知られているが、彼女は作家・吉行淳之介の恋人でもあった。ふたりは世間の人たちにもパートナーとして認知されていたが、吉行淳之介には妻がいて、最後まで離婚はできなかった。

同じような例で、芸術家の池田満寿夫と、バイオリニストの佐藤陽子も、ずっとふたりで暮らし、おしどり夫婦と知られていたけれど、池田満寿夫の妻も別れるのを拒み続けた。

アカデミー主演女優賞を四度受賞した、アメリカの国民的女優キャサリン・ヘップバーンと、俳優スペンサー・トレイシーもそうだ。

ふたりは何度も共演し、二十年以上一緒に暮らしていたが、トレイシーには妻子がいた。アメリカのマスコミはふたりに敬意を表し、スキャンダルを書かなかったとも伝えられている。スペイシーが病に伏してからは、ヘップバーンは仕事を減らし献身的に看病をして寄り添っていた。

『Me―キャサリン・ヘプバーン自伝』の中では、ふたりの関係も詳細に描かれている。トレイシーが亡くなり、トレイシーの妻に連絡をとり、妻がやってきて、はじめて対面する。人気俳優だったトレイシーの葬儀は大々的に行われたが、ヘップバーンは、葬儀を遠慮し、棺《ひつぎ》に寄り添うこともできず、ふたりが暮らした家で、じっと喪に服す。どれだけ長年、深く愛し合っても、妻ではないから公の場には出られなかったのだ。

けれど、最後を看取れるなら、まだマシだ。もしも、愛する人が事故や病気で亡くなっても、秘密の関係であるならば、病院に行くことも、もしかしたらその死を知らされないまま過ごす可能性だってある。

軽い遊びや、セックスだけの関係ならそれでも「しょうがない」と諦められるけれど、本気で愛した場合、これほど悲しいことはない。

私自身も、結婚する前に、既婚者の男を好きだったことがあった。常に複数の女性と関係している人なのは最初から承知していたが、のめりこんでいた。

離れることを決めたのは、本気で好きになればなるほど、「この人にもし何かあっても、私はそばに行くことができないんだ」と考えると、そのときの悲しみに耐えられないと、思ったからだ。

遊びの不倫ならいいけれど、本気になったらこんなにつらいのだというのを、私は初めて思い知らされた。

でも、やはり「不倫は絶対にアカン！」とは、言えない。

どんな立場でも、好きになってしまうことはある。恋というのは「あなただけ」と、代わりがいない激しく理不尽な感情だ。

昔、不倫が発覚し、「たまたま好きになった人が結婚していた」と、言って叩かれた女優もいたけれど、恋愛感情という、自制が利かない強い衝動は、しばし理性を超えて突き進む。

この年齢になると、「不倫」をするのも、覚悟がいる。

生き別れではなく、死に別れが、いつ訪れても、それを受け入れる覚悟。

好きになればなるほどに、別れはつらい。

死に目に会えないかもしれない、さよならも言えない。

ある日、その関係は、突然断ち切られるかもしれない。

でも、だからこそ、覚悟があるなら、強い意志を持って愛しぬくしかないとも思う。

いつか訪れるつらい別れを承知で、それでも愛する、本気の、覚悟の不倫。

私の知っている人の中にも、そんな覚悟を持ち、腹をくくって、一緒になれない相手を愛している人たちはいる。これが最後の恋だと、秘めながら耐えている人たちが。

会いたい人に、自由に会えない今だからこそ、そんなことを考えている。

二の巻

老いと女の間の戦い

コロナの時代の誕生日

これを書いているのは、リアルタイムで四月十二日、日曜日の夜だ。

誕生日を迎え、四十九歳になった。

ついに五十歳まで、一年をきった。

誕生日だからといって、コロナ騒動の真っ最中で、わーい！　と、浮かれることもなく、いつも通り仕事をして、淡々と過ごしている。今年に限らず、結婚披露宴もしなかったぐらい華やかな舞台が苦手なので派手な祝い事などは避けているし、「おめでとう」と人に言われても、私自身は「年取ったな」ぐらいにしか思わない。

それでも自分が、あと一年で五十歳になるというのは、感慨深い。

二十代の頃は、自殺願望がバリバリあったので、こんな長く生きるつもりもなかったし、まさか五十歳前にして、セックスがどうたら書き、しかもそれを仕事にしているなんて、思いもよらなかった。

今、現在の私の状態を書くと、生理はまだある。

いつ生理が終わるかもしれないと、生理用品の買いだめはしないようにしていたので、トイレットペーパー買い占め騒動の際に、近所のドラッグストアで一時期、生理用品まで品薄になったのには困った。

更年期の症状は、よくわからない。

母親に「更年期しんどいで！」と、電話するたびに脅されるが、今のところはそんなにひどい症状は出ていない。

最近は、とにかく免疫力アップ！　と、きちんとした食事を作ってほとんど自炊をしているせいか、基本的に体調はよい。

ここ数ヶ月、目がとにかく疲れているのだが、それは加齢か、仕事でかなりの量の本を読んでいるせいか、どっちなのかわからないけれど、多分、どっちも原因なのだろう。

老眼は着々とこの一年で進んでいるし、白髪は増え続けている。

身体のあちこちは確実に老化している。

特に肌が弱くなった。肌の丈夫さだけが取り柄だったのに、紫外線にあたると湿疹が出るようになったので、UVカット装備をしなければ外に出られない。

閉経カウントダウンを意識しはじめてから、一番気になっていたのは、自分の性欲や性の興味が失われてしまうことだったけれど、そちらのほうは特に変化はない。若い頃のように、激しい衝動に突き動かされたり、好奇心で突っ走ることは無くなったけれど、深く静かに焔《ほのお》が燃えている感じで、相変わらず、大真面目にいやらしいことを考えたり書いたりして生きている。

性的な衝動にかられても、体力と気力がついていかない、というのもある。

あと、昔好んでいたデザインが、どうも着たくなくなって、去年はたくさん服を捨てた。「おばさんだから似合わない」というより、好きじゃなくなったのだ。

前は全然平気だったのに、きつい香水に耐えられなくなり、カフェで香水臭い人が近くに来ると、席の移動をしないと落ち着かない。自分自身も香水をつけるのをやめた。香りの強い柔軟剤も苦手になった。

そして甘い物と、冷たい食べ物が、かなり駄目になった。パフェやかき氷は食べきれない。甘い物が欲しくなることはあるけど、洋菓子よりも和菓子派に完全シフトした。好きなのに、食べられないもの、食べたらお腹をこわしてしまう食べ物が増えた。

これは数年前からだが、夜に出歩くことがほとんどなくなった。なるべく夜は家でじっとしていたい、外に出ると疲れてしまう。

お酒も飲まなくなった。これは自分で意識して飲まないようにしているのもある。飲むと次の日がしんどくて、仕事に支障が出るのが嫌なので深酒もできなくなった。

激しい変化はないけれど、**私は、ゆっくり、確実に、老いている。**

コロナ禍の中、世の中に不安や怒り、悲しみが蔓延して、どうしても九年前を思い出さずにはいられない。

東日本大震災のあとだ。三十九歳から、四十歳にかけては、激動の年だった。

団鬼六賞大賞を受賞し、夏に知り合った人と急に結婚を決めて、半年で婚姻届を出した。まさか自分が結婚をするとは思わなかったので、家族も驚いていた。

同時に震災が起こり、最初の本を出した。デビューしたけれど、毎日ニュースに流れる原発の放射能漏れや津波で亡くなった人たちの数字や、家を失った人たちの映像で、明るい未来など目の前にはなかった。

それでもあの頃は、とにかく必死で、小説家になれたのだからしがみつかねばと突き進んでいた。

なんとなく、文章で食べられるようになり、仕事も絶えず、ベストセラーや名誉などには縁がなくても、ぼちぼちやってはこられた。

今、コロナ騒動で不安な日常を過ごし、九年前の暗い世の中の空気を思い出すが、あのときと違うのは、いつ自分や家族が感染するかという不安におびえ続けなければいけないのと、その収束が見えないことだ。

きっと、多少は落ち着いても、**「今まで通り」にはいかないだろう。**

不安と戦うのではなく、どう共存していくか。

どう生きていけばいいか、どう生きるべきか。

大切な人たちや場所を守るためには、どうしたらいいのか。

これから、自分が何をすべきかというのをつきつけられている誕生日だった。

こんなときに劣化とか言ってる場合か

今年の春から、テレビに出ている。

KBS京都の「きらきん！」という毎週金曜お昼の情報番組に、案内人として出演している。といって、実は、コロナ騒動で番組そのものが今休みになり、まだ一度しか出ていない。

最初に出演した際には、京都で小野小町ゆかりの随心院と補陀洛寺《ふだらくじ》をまわった。小野小町といえば、「世界三大美女」のひとり、絶世の美女として知られている。美しすぎるせいか、百人一首などで小町はいつも後ろ姿で描かれる。

世界三大美女って誰が決めたんだ、そもそも三人とも見た人はいるのか、平安時代の女性は顔を人前に出さないだろというツッコミは置いておいて、日本の歴史上、美人の象徴とされている人物なのは間違いない。

小町ゆかりの随心院にも、補陀洛寺にも、老いた小町の像がある。能にも「卒都婆小町」の話があるが、絶世の美女・小野小町は、しばしその老いた姿が残されている。

これは、同じく美女として名の知れた檀林皇后《だんりん》が、「**私が死んだら、その亡骸《なきがら》は野に晒して**」と、世の無常を人々に知らしめようとしたのと同じなのだろうか。形あるものは滅びるのだ、と伝えるためなのか。

だから美醜や若さになど、執着するな、と。

逆にいえば、昔から、女の美醜や老いというのは、それほど人を惑わせるものだったということだ。

若い頃に美しかったタレントが、久々にテレビに登場したときに、太っていたり、老いていたら、その度に「劣化」という言葉がネットに溢れ、それを発する人たちは、他人の容姿の衰えを誰もが見るインターネットという場所で発信することに、なんの躊躇いもない。

先日も、あるタレントがテレビに出ていると、太っているので**「劣化」という言葉が溢れていた**が、だらしないから太ったとは限らないし、病気の薬の副作用で太る人もたくさんいるというのを想像しないのだろうか。摂食障害という病を抱えている人もいて、自分でもどうにもならないことだってあるのに。

そして、どうしてこれほどまでに、人を貶めるように「劣化」という言葉が使われてしまうのか。美容整形などで若さを保つのは、誰にでもできることではない。老けないほうが不自然なのに。

自分が年をとるごとに、テレビに出演するタレントたちが「劣化」という言葉を投げかけられる度に、不快でもあり、またそうやって容姿を貶すことが当然であるかのような世の中っておかしくないか、とも思う。

容姿は重要だ。若さと美しさには価値があり、それで得るものは大きい。だから人は容姿を磨く。美しさは人の能力のひとつではある。

けれど、老いや体型の崩れを当たり前のように貶めたり非難するのは、それとは別の話だ。人を傷つけてもいい自由などないのに、しばしそれははき違えられ、ネットの世界だけに限らず、常に容姿は俎上《そじょう》にあげられる。

そんな世界で生きていくにあたり、私も必死で白髪染めをして、シミを消すクリームを塗りつけたりもしていた。

ありのままの私で、グレイヘアで、老いを隠さずに潔く生きる！　ことは、私にはできず、それなりに老いに抗《あらが》っている。

テレビ番組でレギュラーを持つのは、少々勇気がいった。

テレビというのは、誰の眼にもつくから、残酷だ。

SNSや、雑誌、WEBの記事なら、写りのいい写真を選んだり、加工したりできるけど、テレビというのは、そうはいかない。

「有名税」という言葉があるが、テレビに出るような人ならば、中傷や罵倒をしてもいいと思い込んでいる人たちも多い。

今まで本の宣伝のためにと何度かテレビに出たことはあるけれど、それで本が売れたということもなく、「またテレビに出てください！」と言ってくる人が、私の本を買ってくれるわけでもないのは身に染みている。

人前に出て顔を晒すことは、傷つけてくれと言っているようなものだ。

特に性的なものを書いていると、普通ならセクハラと言われるような言葉も、しょっちゅう投げつけられる。それが嫌なら、もう人前に出るのを一切やめるしかないのだ。

だから、今まで、テレビやネット番組の出演は、ほとんど断ってきた。

傷つくのは、最低限でいたいし、たいしてメリットがない気がしていた。

それなのに今回、レギュラーで引き受けたのは、五十歳を前にして、容姿で傷つくのを恐れている自分こそが、容姿にこだわり続けていることがバカバカしくもなり、もうそういうのはいいんじゃないかとも思ったのだ。

別に前向きになったわけでも、劣等感が消えたわけでもなく、ただなんとなく、だ。

そしてこのところ、コロナ騒動でずっと家にいる間に、テレビだけではなく、今まで「自分は絶対に向いていない」と思い込んでいたものに対して、段々と、「まあいいか」という気分になっている。

これから、どうやって生き残るかというのを考えていたら、私が今まで自分の心を守るために抱えてきた自意識が、どうでもいいことで構成されているのだと身に染みた。

生きていくだけで大変な世界で、自分を翻弄した自意識に変化が起こりつつあるのを、このところ少しずつ感じている。

女の人生は長いから

この日記をはじめたのは、五十歳が近づき、閉経の兆候を感じながら、気持ちや身体の変化をリアルタイムで書きたいと思っていたのが一番の動機だ。閉経し、自身の性欲や性への興味がどうなってしまうのだろうとは、数年前からずっと考えていた。

もうひとつ、主に性愛をテーマにして書いている私が、性欲や性への興味を失うと、書くものは変わるのかというのも重要な問題だった。

同世代の周りの女性は、なんとなく「**セックスは卒業しました**」と言う人が多い。もちろん、「性欲強くなって、やりまくっている」「恋をしてセックスも楽しんでいる」人でも、正直には口にしないというのも承知しているので、本当のところ、閉経後の性生活については、人それぞれなのだろうとしか言えない。

週刊誌には、「**六十歳からのセックス**」や、勃起薬の広告など、男向けの「死ぬまで現役」を推奨する記事がたくさん載っているけれど、それらの対象は、同世代の女ではなくて「若い女」だったりする。一方の老いた女の性欲は、どうすればいいのかというのも、書いておきたかった。

瀬戸内寂聴さんの『爛《らん》』を読んだのは、今から七年前、私が四十歳を少し過ぎた頃だ。小説家となり一番忙しい時期で、性を描くことに悩みもし、嫌なことも多かったので、性愛を書くのを止めようと考えもしていた。

だいたい、四十を超えた私が、セックスセックスといつまでも言ってるのもどうなの？　そろそろ卒業しないとな、なんて思っていた頃に、『爛』を読んで、度肝を抜かれた。

帯には、「最期まで爛々と輝く女の生と性を91歳の円熟の筆で描く芳醇な物語」とある。自身を「**色情狂**」と自嘲する、離婚したあとセックスを求めて男の間を転々として生き、七十九歳で自死した女の人生を、彼女の友人であった八十三歳の人形作家が探りながら、自身の性愛の記憶も呼び覚ましていく話だ。

文中、私が強烈な印象を受けたのは、このセリフだ。

「精液は男の命だ。女が精液を欲しがるのは、もっと貪欲に男の命を吸い尽くしても、自分の生命を生きのびようという下心があるからだ」

この本が出版されたのは、帯にある通り、瀬戸内寂聴さんが九十一歳のときだ。

書かれたのは、八十代後半から九十歳にかけてと考えても、こんな台詞《せりふ》が生み出されることに驚愕した。

どこまで貪欲で、性の深淵を見てきたのか。そして、その年になっても、自身が体感した性の世界を描くことに対し、私は尊敬の念以上に、恐怖感を抱いた。

九十歳ということは、私ならば、あと四十年ある。今から四十年、たとえ性欲を失っても、セックスについて考え続けるのは、すごくしんどそうだ。

とっとと悟りを開いて、他人事のように道を誤る人たちに、自分の過去は棚に上げて「欲望に身を任せて、人に迷惑をかけてはいけませんよ」と説教でもしてるほうが絶対に楽だ。

死ぬまで性の煩悩を抱え続けるなんて、つらすぎる。

閉経を迎え、性の世界を卒業したほうがいい……なんて考えてしまうほど、怖かった。


けれど、『欄』を、今、久しぶりに読み返して、死ぬまで性を抱え、離れることができなかった深い業を持つ女たちの人生に、惹かれる自分がいた。それは結局のところ、苦しめられ、振り回されてきた性の世界を何よりも愛しているのかもしれない。

性の欲望は、道徳や善悪を超える危険なものだから抑え込まれてきた。性の欲望に従順に生きることは、決して褒められるものではない。人を傷つけ、自分も傷つく。長生きするほどに、傷は癒されるどころか、数が増えていくだけだ。

けれどその傷だらけの心が、ときに切なくて愛おしい。

小説『花芯』は、寂聴さんが三十六歳のときに出版されたものだが、「きみという女は、からだじゅうのホックが外れている感じだ」「皮膚までが、貞操感覚を欠如している」そんな女が、夫以外の男に恋をし別れ、身体の欲するままに多くの男と関係を持つ話だ。

この小説は、当時、ポルノ小説と叩かれ、批評家から「子宮作家」と呼ばれ、寂聴さんが文壇を干されたきっかけになったといわれている。

男のファンタジーを超えた、自身の欲望を持つ女は、貞淑な妻か淫乱な娼婦しか知らない男たちに、恐怖を感じさせたのではないだろうか。男にとって都合のよくない女だから、恐れられ、批判されたのではないか。

『花芯』のラストは、女が自分の肉体が焼かれる様を想い、死んでからも、この欲望は残るのではないかと連想させる。

死ぬまで女、どころじゃない。

死んでも女。

男を欲しがる女。

底なしの欲望を持つ女。

そこまでの深い欲望を持つ女は、どれほど孤独なのだろう。過剰な性の欲望を抱きながら生きるのは、満たされぬまま求め続けることだ。だから性の世界を描くと、孤独がつき纏う。

平均寿命を考えると、閉経してから女の人生は、気が遠くなるほど長い。

ときどき、面倒な性の欲望から卒業したいと思うけれど、死ぬまで、いや、死んでからも、色と欲に振り回された生涯だと、後世の人に指さされるような人生も面白いのではと考えている。

こんなときに「化粧なんて」だろうか

家とスーパーの往復と、ごくたまに近所に散歩に行くだけの日々が続いて、化粧品が減らない。日焼け止めして、軽くパウダーはたいて、眉毛を書くぐらいだ。スーパーに行くときは、それすらしない。どうせマスクをしていて顔の半分は隠れているので、口紅はつけないし、チークもしない。

このままでは化粧の仕方を忘れてしまいそうだ。

化粧しなくても生きていけるけれど、私は化粧が好きだ。

単純に、やり方ひとつで、顔が変わるのが面白い。絵を描いて、色をつけていく作業と似ている。ぼんやりとした顔が、はっきりする過程が楽しい。「顔を作る」という感覚で化粧をしている。

化粧品が並んでいるのを見るのも楽しい。アイシャドウのパレットと口紅は、三種類ぐらい持っていて、その日の気分で変える。

しかし今でこそ、こうして化粧をするようになったけれど、若い頃はそうではなかった。

二十代の頃は、不細工で男に相手にされないコンプレックスに雁字搦めになり、そんな自分が身を着飾るのは滑稽なだけだと思い、黒とかグレー、ダークな緑のズボンやパーカばかりを身に着けて、化粧もしなかった。

不細工だからこそ身綺麗にしたらいいのにと今なら思うけれど、私の卑屈さは「綺麗になる」の逆方向へ向かっていた。どうせ女扱いされないのだから、女の恰好なんてしないでおこう、と。いや、女の恰好をするのが怖かった。醜い女がおしゃれや化粧なんてしやがってと嘲笑されるのを恐れていた。

今なら、私が遠い存在のように眺めていた、同世代のキラキラした可愛い女の子たちだって、努力をして自分を磨いて、「綺麗」を手に入れていたのがわかる。私はその努力を放棄し、ただひたすら、可愛がられて楽しそうに生きている女の子たちを羨み、容姿のジャッジを下し露骨に態度を変える男たちを憎むだけだった。

死ぬほどモテないと暗い日々を送っていたけど、そりゃモテない。外見以上に、性格がそこまでねじ曲がっていたわけだから。

まともに化粧をするようになったのは、三十代半ばだ。化粧を教えてくれるサロンに行き、ひと通り習った。服装も明るい色を身に着け、スカートを日常的に穿《は》くようになった。「女らしく」しようとしたわけでもなく、自分がいいと思うものを身に着けたら、自然にそうなった。

私は醜いから化粧したり女の恰好をしたら嘲笑されるという卑屈さからようやく抜け出して、ずいぶんと気持ちが楽になったことを覚えている。劣等感のあまりに化粧をせず、男のような恰好をしていた頃のほうが、**私は「人の眼」を気にして生きていた。**

だいぶ前のことだけど、ネットで、ある女性のインタビューを見て、違和感を抱いた。「男の人に媚《こ》びたり好かれようとする生き方をやめた」とあり、それはいいけど、そのひとつが「化粧をやめる」だったのは、ちょっともやもやした。

女の化粧は、男に媚びたり好かれたりするためにしているものだろうか。それよりも、自分自身を愛するためにやっている感覚が私にはある。

けれど、男に好かれるための媚であっても、何が悪いの、とも思う。好きな男に「綺麗」だと思われたい、好きな男に限らず、称賛されるために美しくなってもいいじゃないか。

化粧をするしないは自由だし、誰にも強制されるものではない。けれど、化粧をしているからといって、男に媚びてる、男のためだと決めつけられたくないし、たとえ男に媚びてたって、好きにさせてくれよ、とも思う。

中島みゆきの「化粧」という歌がある。

化粧なんてどうでもいい、そう思っていた女が、最後に恋人に会いにいき、捨てなきゃよかったと思われたいから、綺麗になりたいと自嘲を交えながら唱える。

別れた男を後悔させたい、そのために化粧をするのは、私にも身に覚えがあった。

未練などないけれど、何年か前に昔の男と会う機会があって、私は丁寧に化粧をした。派手過ぎても、いけない。気合を入れてきたなどとは思われたくない。けれど、別れたあの頃よりも少しでも綺麗だとは思われたい。確実に年をとったからこそ、化粧に頼る。きっと男のほうは、私の化粧など気にはしないだろうし、ただ老けたなと思うだけかもしれないけれど。

だからといって、ヨリを戻したいわけではなく、誘われてもついていくことはない。私には、今の自分の生活があるし、昔に帰りたいなんて全然思っていない。化粧で綺麗に見せようと思うのは、若くない私の意地に過ぎない。そんな意地を持つのは愚かで滑稽なことかもしれないけれど、素顔のままで会うことは、絶対にできない。

かつて劣等感まみれで、化粧なんて私にはする権利もないなんて思って、自分が女であることを必死で蓋《ふた》をして抑え込んでいた私が、こうして化粧を当たり前にできるようになって、よかったと思う。

化粧をしたからといって、「美人」などとは呼ばれないし、容姿のことはボロカス言われることのほうが多いし、相変わらずモテない人生だけど、化粧をすることで自意識に雁字搦めになり苦しむことから少しは解放されたのは確かだ。

外に出かけなくなって一ヶ月以上が過ぎ、全く化粧品が減らない日々の中で、三月の上旬に買った赤い口紅をときどき眺めながら、これをつけて外に出てみたいと考えている。

私が化粧品を買うのは、気分を変えたいときだ。

口紅がひとつポーチの中に増えるだけで、何かいいことが起きるような気がする。

だから私は化粧が好きだ。

おばさんがアイドルを推してみたら見えたこと

数年前だが、三十代後半の物書きの女性たちと話しているうちに、アイドルの話題になった。ここで言う「アイドル」は、テレビに出ている手の届かない存在ではなく、ライブやイベントなどで会える、今どきのアイドルのことだ。

彼女たちは「男に媚びてる職業だ」「搾取されて、男に利用されている」と、口々に言い出した。もし自分の知り合いが「アイドルになりたい」と言い出したら絶対に反対する、と。

私はすごくそれに違和感を抱いたし、「いや、**お前ら今までの人生で、好かれようと男に媚びたことないのかぁ？**」と言いたい気持ちを抑えもした。でも、もしかして、私だとて、「アイドルを推す」経験がなければ、そう思っていたかもしれない。

アイドルに興味はなかったし、正直、アイドルそのものではなく、ファンを含めてのその世界に、いいイメージはなかった。いい年こいたおじさんたちが若い娘を追っかけて疑似恋愛したり、「恋愛禁止」なんてルールの処女崇拝じみたものも嫌だった。普段から「若い女が一番！　女は年をとると価値が下がる！　おばさんはダメ！」と、世間から「若い女信仰」を押し付けられている中年女として、そんな世界は好ましいわけがない。アイドルを熱く語りたがるおじさんたちを見ると、ちょっと冷めた目になってしまう。

そんななかで、ひとりのアイドルと知り合った。グラビア中心に現在も活動している、奈良在住の駒井まちだ。

彼女が、あるとき、「ミスＦＬＡＳＨ」に応募しエントリーされた。写真誌「ＦＬＡＳＨ」が主催する、グラビアアイドルのミスコンだ。

彼女はその時点で、三十歳を過ぎていたが、切々と、「ミスＦＬＡＳＨ」になりたいのだと訴えていた。普段はそんなにガツガツとしていない、今の自分の生活を楽しそうに送っているように見えた彼女が、必死になっていた。

その必死さに打たれて、私は駒井まちを「推す」ようになっていた。

「ミスＦＬＡＳＨ」は、撮影会や読者投票、そしてネットの生放送、写真の購入などで、順位が決まる。私は「ＦＬＡＳＨ」を何冊か買って、応募券を葉書に貼って「駒井まち」と記入してポストに入れた。ネットの生放送がある時間はパソコンの前に張りつき、アイテムの差し入れをするなどして課金した。気がつけば、すぐに「万」は超えてしまう。

これはセーブしないと、どんどんとお金を費やしてしまう……と思いながらも、高揚感を覚えていた。彼女の順位が上がる度に、喜びで胸が高鳴る。

ホストに高い酒をいれて順位を上げる女の心理ってこれなのか……とも思った。

そして、彼女は、知り合った頃より、どんどん綺麗になっていった。もちろん、本人の努力が一番だろうけれど、順位が上がることにより、「自分には価値がある」と思えるからではないか。

彼女には、容姿についての強い劣等感があるのは知っていた。昔のブログに、それを綴《つづ》った記事がある。努力して綺麗になった今だって、その劣等感は消えないらしい。

そんな彼女が、あえて容姿がジャッジされる世界へ、自ら飛び込むというのは、どれだけ勇気がいっただろう。しかも年齢的なハンデを背負ってだ。けれど、それは彼女自身にとってどうしても必要なことだったのだ。

私は逆だった。容姿の劣等感は人一倍強かったけれど、ジャッジをされるのが怖くて、「女」という枠から降りようと化粧もせず男のような恰好をしていた。そして卑屈なまま、年をとった。

今も昔ほどではないけれど、劣等感は強い。けれど、年をとったことで、「容姿がジャッジされる世界」から少し解放されて楽になってはいる。

駒井まちの容姿への劣等感の強さが他人事に思えず、彼女がミスコンに飛び込んでいく姿は、ある種の傷口を広げる行為であり、すごく過酷な道を選んだようにしか見えなかった。

そして私は、彼女の戦いを、そっと見ておくことができず、推した。

今まで、そんなふうにアイドルを推すことなんて、経験がなかった。

けれど、どうしても駒井ちゃんを一位にしたかった。

彼女の戦いを、勝たせたかった。

結局、ファイナリストまで残ったけれど、「ミスFLASH」には、なれなかった。それを聞いた瞬間、力が抜け、私まで泣きそうになったし、彼女にかける言葉が見つからなかった。

私は彼女の戦いに、自分を投影させていたのだ。

綺麗になろうとする努力を放棄して、卑屈になっていた私とは正反対の、彼女の姿を。

それは私がなろうとしてなれなかった姿だった。

アイドルとは、なんなのか。

彼女たちは何故《なぜ》、アイドルになるのか。

アイドルとは、愛されたい女の子たちなのだと思う。

愛されるために、人前に出て自らを晒す。

その姿を、「男に媚びる」存在だと切り捨てたりできない。

愛されたいと思う人たちを、嘲笑なんてできない。

私だとて、愛されたくて、愛されたくて、たまらなかった。

駒井まちというアイドルを推すことにより、私は「自分は愛されたかったのだ」という気持ちを認めることができた。

そうだ、私は愛されたかったのだ。

その気持ちを若い頃に認めることが出来ず、ますます卑屈になっていって、劣等感につけこまれ男に騙され借金を作り、最悪の二十代を過ごした。

愛されたい、愛して欲しいという気持ちをそのまま自分で受け止められていたら、人生は全く違うものになっていただろう。

愛されたい、そのために綺麗になろうとしているアイドルを推して、かつての自分のために、彼女の幸福を祈らずにはいられなかった。

勝手なおさわりは禁止です

アフターコロナとか言われているが、私はこの機会に、むやみやたらにベタベタ人の身体をさわってくる人がいなくなればいいと思っている。

胸や尻などをさわってこられたら、はっきりと「痴漢だ」「セクハラだからやめて」と言えるのだが、困るのは、顔や手をさわってくる人だ。やってる人たちは「親しみをこめて」「コミュニケーションのつもり」なので、嫌がると「イライラしてる」「可愛げのない女だ」と、まるでこちらに非があるように思われてしまうのが厄介だ。

バスガイドの仕事で、年配の男性多めの酒が入る旅行では、よく、このおさわり男が出没した。バスで移動する旅行の仕事だと、逃げられないし、みんなに気持ちよく旅してもらいたい、雰囲気を壊したくないと思うから、「やめて」とも言いにくい。さわられても我慢することが当たり前だったが、そうすると相手は「もっとさわっていいのだ」とエスカレートしてくる。

十数年前、二泊三日の旅行で、ひとりのおじさん客が、顔をやたらさわってきて気持ち悪かった。何にふれているのかわからない手でさわられるのが、平気なわけがない。顔は化粧をしているので、そうそう洗えない。最終日に、ついにキレて、「**さわんなよ**」と、睨《にら》むと、相手はものすごく驚いた顔をした。まさかバスガイドに、そんなふうに拒否されるとは思ってもみなかったというのが表情に出ていた。

仕事関係者の男性にこの話をしたときに、「そもそも、旅行の仕事は、そういうのも含むから。相手はお客さんだからね」と言われたことがあるが、さわられるのも含む仕事だという理屈は全く納得できない。**じゃあお前らもおっさんにベタベタさわられてみろよ。**と返したくなった。

「**バスガイドはホステスと同じ**」とも言われたことがあるが、ホステスの仕事も接客であって、身体をさわられることではない。それに給料におさわり代が含まれるのなら、もっとくれよ。

ある年配の男性が多い会合に、友人の若い女性を連れていったことがある。単純に、そこにいる人たちの業界話に彼女も興味を持ったから紹介したのだが、いざ酒が入ると、その場にいた一番年上の男性が、彼女を横に座らせ、話しながら背中にずっと手をふれて嬉しそうにしていた。

その男性の中では、「若くて可愛い娘が隣に来て愛想よく話してくれる」＝「さわっていい」という方程式が完成されているのに気づいた。彼女が内心何を思っているのか表情からは読めず、私もどう口にして止めていいかわからなく戸惑うだけで、未だに彼女に申し訳なく思っている。

女だって、人をベタベタさわる人はいる。あるイベント後の懇親会で、目の前の女性が、初対面の隣の男性に、「私、マッサージ得意なんですよぉ～」と、背中や腕をずっとさわっていたのが、気になってしょうがなかった。

この女性は、「自分は女だから、さわると男が喜ぶだろう」と思っているのが見え見えで、その男性の妻や子ども、恋人が見たら、どう思う？　と言いたくなった。きっと彼女は、いつもそうして、男性に好意の意思を示しているつもりで、実際に喜ぶ男もいるだろうし、女だから注意もされたことがないのかもしれない。いきなりマッサージをしたがる人と、手相を見たがる人は要注意だ。

女で、女をさわりたがる人もいる。癖になっているのだろうが、私はどうも苦手だ。恋人や家族ではない他人に、男だろうが女だろうが、こちらの許可なくふれて欲しくない。女性に対しては、男性以上に「さわらないで」と言いにくい。


私は今、フリーランスの仕事で基本的にひとりで家にいることがほとんどで、飲みの席に行く機会も少なく、昔のようにベタベタさわられて対処に困る機会も滅多にない。けれど昨年、ある娯楽関係の混んでいる場所で「外に出よう」と、隣に座ったおじいさんに声をかけられ、「出ません」と答えたが、そのあともしつこくされ、偶然を装ったふうに足をさわられたときは、久々にキレた。

「やめろよ」と、睨みつけると、男は黙り、立ち上がって、しばらく所在なさそうにしていたが、外に出ていった。私は不快さが止まらず、そのあとしばらく目の前の娯楽に集中できなかった。金払ってなんでこんな気持ちにならなきゃいけないんだと悲しくもなった。五十歳を前にして、立派な「初老の女」になっているのに、さわられるのには平気にはなれない。こんなにも不快に感じる自分がおかしいのかとも、何度も考えた。

ベタベタさわってくる人は、「親しみをこめて」「コミュニケーションのつもり」「好意があるから」と自身は思っているかもしれないが、相手を舐《な》めている。こちらの意思とは関係なく、「この女はさわっていい、嫌がらない」と思われていることに、腹が立つのだ。

こういうことを口にしたり書いたりすると、「女として見られただけありがたいと思え」とか「減るもんじゃなし」「上手くかわして逃げたらいいのに」と思う人もいるだろうけど、女として見られているのではなく、意思を持つ人間として扱われていないのだから、ありがたいわけがない。

むしろ、若くない、おばさんだからこそ、**こんな年になってまだ舐められるのか**と嫌な気分にしかならない。きっとあのおじいさんは、若くて綺麗な娘はさわらない。「女としての価値は下がっているから、触れていい」と思って手を出してきたのがわかるから、なおさら不快だった。

コロナの感染予防で、手を石鹸《せっけん》で洗う習慣はだいぶ広まったと思うが、このまま「人の身体にふれる」ことについても、リスクがあるという認識を持つことが当たり前になればいいし、**おさわり族はコロナと共にこの世から絶滅して欲しい。**

熟れる女はいつまで売れるか

あれは数年前、早朝の渋谷を歩いていたときだ。

オールナイトの映画を観たあと、道玄坂を歩いていると、若い男に声をかけられた。

「お姉さん、十分で一万円の仕事あるよ」

この数字は、少し記憶が曖昧だが、そんな短時間でそれだけ貰《もら》えるの？　と、驚く金額だったのは間違いない。

最初、意味がわからなかったし、徹夜で眠気と疲労で朦朧《もうろう》としていて、無視してそのまま宿へ向かった。男もそれ以上、追ってはこなかった。

小説家になってから上京の機会が増え、東京を歩いていて、声をかけられたことは、何度かある。眼鏡と大きなマスクをして、ほとんど顔がわからない状態でも、「お姉さん、綺麗だね」とナンパされたので、きっと私に声をかけてくるのは、女なら誰でもいいような男たちなのだろうぐらいに思っていた。

けれど、「お茶しませんか」ではなく、具体的な値段をつけてきた男は、初めてだった。

あのときは、眠くてスルーしたけれど、どこからどう見ても立派なおばさんで、四十代半ば、しかも徹夜で化粧は剝げ、疲労が顔ににじみ出ていた自分に、そんな高い値段をつけられたことが驚いた。

風俗等であるのは予想ができるが、こんな若くもなく美しくもない女が、どんなことをしたらそれだけ貰えるのかと、ずっと気になっている。

昔は、性風俗、AVに出て、セックスや裸をお金に換算できるのは、若くて美しい娘だけだと思っていた。水商売などもそうだ。

そんな「女の商品市場」では、私は一銭の価値もないのだと信じていた。

初めての男に言われるがままに借りた消費者金融の借金が膨れ上がってどうしようもなくなったときに、水商売や風俗の面接に行ったが、ことごとく落ちた。

風俗の仕事をすることを「堕ちる」と表現する人がいるが、それすらできない女だっているのだ。昔は、身体を売るのは最後の手段だと思っていたけれど、売れない女はどうしたらいいのか。

けれど近年、AVを見たり、インターネットで情報が世の中に溢れてくると、決して「若くて美しい女」だけが価値を持つのではないのがわかってくる。五十代、六十代、それ以上の年齢や、体重百キロ以上の女性がAVやエロ本に登場して、需要がある。今はコンビニにはエロ本は置いてないけれど、一時期は「五十路妻」「還暦熟女」みたいな本が並んでいた。

もちろん、若くて美しい女性の需要と値段には足もとにも及ばないが、そうでない女でも、必要とする層がいるのは間違いない。

「女として価値がない」と信じて生きてきた私には、これは救いだった。

そんな私も結婚し、四十歳を超え、若い頃に雁字搦めになっていた劣等感もいくらかマシになった。「おばさんだから」という開き直りを武器にできるようにもなり、小説家になって外に出て人と会う機会もなく、のほほんと生きている。

けれど、不安定な仕事で、未来の不安は常にある。特に、コロナの影響で、これから景気も悪くなり、本の世界も厳しくなると考えると、いつまでも仕事があるとは思えない状況だ。

もうすぐ五十歳で、新しい仕事をはじめるのも大変だ。バスガイドの仕事は、小説家以上に厳しい状況だし、体力的にも、もう無理だ。大学も出ていないし、使えそうな資格もない。

文章の仕事が絶えてしまったら……そう考えたときに、ふと、数年前に渋谷で男に声をかけられたことが心を過《よぎ》る。

私は、女として、まだ「売れる」のだろうか。

もちろん、実際にするかどうかは置いておいて、考えてしまう。

以前、私より少し若い女性にこの話をしたら、「わかる。私も、AVのスカウトに声をかけられると、まだいける！　と喜んじゃう。実際にはリスクがあるからしないけど」と彼女は言った。

あなたという「女」には、お金を払う価値がありますよ。

商品になりますよ。

そんなふうに見られて、きっと傷つく女性もいるだろう。性的な商品として扱われるのに嫌悪感を抱く人も。

けれど、ずっと男に見向きもされなかった私は、「まだ自分は女という商品なのだ」と思うことに、喜びを感じてしまう。

無遠慮にさわってくるセクハラは嫌だけど、性的な商品として見られるのを嬉しく思ってしまうのは、そこで「お金」という価値に換算されるからだ。

私は若い頃、自分は女としては失敗作、死ぬまで男に相手にされないと思って生きてきたから、初めて自分という女が金銭に換算されたとき、自分を覆っていた劣等感から少しだけ解放された。

女として扱われたいがために、何百万円も男に貢いできた飢えた姿の醜さも傷も卑しさも、理解されないだろう。

とっくに昔の傷は癒えて、それなりに楽しく幸せに生きているつもりなのに、ふとしたときに、自分の価値をお金に換算して、確かめてみたい衝動にかられることがある。

私はまだ、売れるのだろうか。

もし、今また、数年前の早朝の渋谷の出来事と同じように声をかけられたならば、「どんな仕事なのですか」と、興味を抱き、ついていかない自信はない。

若くも美しくもなく未来も見えない、私という女が幾らで売れるのか、買う男がいるのか、知るために。

アフターコロナの不正出血

今、私は非常にダルくて、集中力がなく、眠い。

今朝、嫌な感触があり、目が覚めた。

出血していた。

私はピルを服用していて、生理が来る日はわかるし、近年、量が多かったり少なかったりということはあったけれど、このように計算外の出血ははじめてだった。

不正出血だ。

しかも結構、量が多くて、普段の生理並みにある。そして通常の生理初日のように、身体がダルくて頭がまわらない。

とりあえず、月曜日にはこの日記を送信してから婦人科に予約の電話をするつもりだ。

不正出血があり、いよいよ来たか閉経と、まず考えた。閉経前の症状として、生理の量が安定せず、周期も狂うとは知っていた。四十九歳を過ぎたんだから、閉経前のあれこれが訪れるのはしょうがない。

カウントダウンは、まさしくはじまっている。

けれどもうひとつ、閉経ではなく、病気ではないかというのも考えた。まっさきに浮かんだのが、子宮癌だ。

私の家は、父方の祖父も曽祖父も癌で亡くなっており、父も何度か手術をしている。母方は祖父母共に癌で亡くなっている。だから自分もいつか癌になる可能性はあるなとは、ぼんやり考えてはいた。

もしも自分が一年後に死ぬとしたら……なんてことを、今朝、出血を見て、ぼんやりした頭の中でシミュレーションしてしまった。

仕事に関しては、普段、長生きして書きまくる！　と、思っていたはずなのに、「**まあ、今まで頑張って書いてきたし、仕方がないか**」と、意外にあっさりしている自分がいた。

夫と両親のことが心配ではあったが、人間いつか死ぬのだからと、これも仕方がないことだ。

私が死んで悲しむ人はいるかもしれないが、それも一瞬のことですぐに忘れられるし、自分はこの世界に何も足跡を残してもいないし、それでいいような気もした。

今死んだら悔いが残る！　そう思って、生きてきたつもりなのに。

なんでこんなに潔くなっているのか、よくわからない。

とはいえ、実際に余命一年と聞かされたら、泣いて喚《わめ》いて執着するかもしれないけれど。

ただ、自分は確実に老いて、死に向かっているのだというのは間違いない。

まだ若いという人もいるけれど、同世代や私より若い人でも、死は目の前にある。この数年で、知り合いが何人も亡くなった。病気の人もいれば、自ら命を絶った人もいる。身近な人の死はつらい。これから先、生きていく限り、こうして周りの人の死を目の当たりにするなんて、長生きするのはしんどいなと思う。

そして何かつらいことや、世の中の嫌な流れを眺める度に、亡くなった人たちのことを考える。生き続ける限り、苦しみや悲しみと対峙《たいじ》しなければならない。年を取って、楽になることはあるけれど、苦しみや悲しみが消えることなんてありえない。

積極的に死にたい！　とは今は思わないけれど、生きていくのがめんどくさいなと考えることは、しょっちゅうある。

生きるって、本当にめんどくさい。私は何もかもめんどくさい。明日、病院に行くとか言ってるけれど、実はそれもすごくめんどくさい。とはいえ、閉経カウントダウンの真っ最中、体の不調を放っておくわけにもいかないので、ここにこうして書くことにより、病院に行かざるをえないようにしている。それぐらいしないと動けないぐらい、めんどくさい。本当は見て見ぬふりしたいけど、そういうわけにはいかない。

私が妙に潔くなっているのは、生きることそのものがめんどくさくて、頑張る力が湧いてこないからかもしれない。

私は執着の強い人間で、何事も諦めることができなかった。そんな欲の強さを自分で醜悪だと思っていたが、ここになって、生理が終わりかけているのと共に、何か自分の中の積極的に生きる力が失われつつある感覚もある。

けれど、それが悪いこととも思えない。

そんなに頑張らなくていいのだ。

頑張って生きなくても、ただ生きているだけでいい。

さっき鏡を見て、白髪が目立つなと思った。三ヶ月、美容院に行ってないからだ。ほぼ家にいたし、人と会う機会もなかったから、放置していた。そして白髪だけではなく、老けたなと、すっぴんの自分の顔を見て思った。人前に出たり、人と会わないと、本当に身の回りにかまわなくなる。

このステイホームの期間中、家で自分磨きをして綺麗になっている人たちもいるみたいだが、私は怠惰に過ごしていたし、鬱々としていて、時間を有効に過ごすこともできていない。ただ老いただけだ。

不正出血で、そのことを思い知らされた。

私は老いて、死に向かっているのだと。

でも、だからといって、それに抗う元気もないから、受け入れる覚悟を持つしかない。

覚悟というと、カッコいいけれど、実のところ、他人に迷惑をかけないように死ぬのを心掛ける、それだけだ。

「老い」と「病」をいきなりつきつけられて、時間は限られているのだから、どうやって生きたらいいのかというのを考えざるをえない四十代最後の年。

とりあえず、病院に行く。

「美人な妻がいるのに」の問題をマスクに隠して

前回、不正出血をして病院行きますと書いて、ちゃんと婦人科で検査もしてもらったのだが、検査結果が現時点で出ていないので、その話はいったん今回は置いておく。

このところ、少しずつ日常を取り戻すと同時に、外出する用事もぼちぼちと復活してきた。ただ、まだ不安なので人混みを歩くときや、お店に入る際はマスク着用だ。飲食店や病院も、「マスク着用お願いします」と張り紙がしてあるところが多い。

つい先日も買い物をしに繁華街に出て電車も乗った。マスクが汚れるから、チークと口紅はつけない。

顔の半分以上がマスクで隠れている状態で街を歩いて、ふと気づいた。

顔がほとんど見えないって……これ、なんだか気分が楽だ。

私は未だにときどき、外に出て人と会う度に、「醜い女だと、周りに嫌悪感を与えているのではないか」と疑心暗鬼になってしまう。醜形恐怖症なのかもしれない。

子どもの頃から容姿を貶され嗤《わら》われて、小説家になってからも散々ネットでは「ブス、死ね」と「顔見てがっかり」「ブスのババアが官能書くな」などと言われたし、リアルに対峙した人にも、きっと冗談のつもりなのだろうが容姿を揶揄《やゆ》されたことは何度もある。

私が自分に自信のある人間なら平気かもしれないが、もともと劣等感の塊なので、初めて会う人の前では、「がっかりされるだろうな」といつも思うし、基本的に自分は醜くて嫌われる人間だという気持ちが消えないから、あまり人とは会いたくない。

SNSに自撮りあげるなんてとんでもないし、本の宣伝関係以外では顔を晒したくない。誰が喜ぶのだと思うし、自分で自分が気持ちが悪い。私の若い頃の写真が一枚もないのは自分の姿が残っているのが不快なので、すべて捨ててしまったからだ。

今はおばさんになって、だいぶ恐怖心はマシになったと思っていたけれど、マスクをして「顔が見えない」状態に安心しているのに気づき、まだ私の中で「醜くてごめんなさい」という気持ちが残っているのがわかった。

女は男よりも、子どもの頃から容姿を当たり前のようにジャッジされる傾向がある。可愛くない子どもは、結婚して幸せになれないから手に職をつけなさいと親に言われていた知人がいるが、そういう話は他でも聞いた。

綺麗じゃない、可愛くないと、男の人に選ばれないから自立しろなんて価値観があったのだ。

醜い女の子は、幸せになれないとすり込まれてきた。少年漫画のヒロインは、クラスのマドンナ・美少女たちばかりだ。ブスはいつも引き立て役だった。

世の中には女の容姿をランク付けするものが溢れている。小説家になっても、美しい女は「美人作家」と顔写真を使ってポップや広告で大きく宣伝され、グラビアみたいな撮影をした写真が使われるが、そうでない女は、ただの作家だ。どこに行っても、容姿のジャッジからは逃れられない。出版の世界だって、ルッキズムは大きく存在する。「美人」「現役女子大生」「芸能人」など、世間から注目される肩書きを持った作家のほうが話題性があるから、そりゃ出版社だって飛びついて、強く推す。

露骨に美人とそうじゃない女とで態度に差をつける男なんて、世の中にたくさんいる。いや、男だけじゃなくて、女も変わらない。女だって、美しい女のほうが好きだ。醜い女は、見たくないものをつきつけるから、同性にだって目を背けられる。私も、美しい人のほうが好きだ。自分と違う存在だからこそ憧れる。自分と似た者なんて、つらくなるから視界に入れたくない。

けれど、実際に世の中に出てみると、美人だから幸せになれるとか、結婚できるというわけではないのもわかる。出版の世界でも、美人であることは宣伝に便利でも、その人が売れて生き残れるとは限らない。そこまで甘くない。

それに「美人」も主観なので、傍《はた》から見たらどうかと思う女性を「美しい」と称賛する人たちもいる。自分で自分を美人と思い込み、自己肯定感を溢れさせ、周りに美しい人だと思わせて自信まんまんに生きている人もいれば、どう見たって整った顔立ちなのに、醜形恐怖症に苦しんでいる人もいる。

世の中、すべてが美醜で決められているわけではないのはわかるのだが、それでも大きく根付いているのは確かだ。

先日、浮気をした芸人の報道で、「**あんな美人の妻がいるのに**」という声があがったが、浮気されるのに美人か美人でないかは実際は関係ない。けれど「美人」という存在が女のヒエラルキーの頂上という考えがあるから、そうも言いたくなるのだろう。

自分は自分、他人の目なんか気にしない！　と、言い切れるほどに、私は強くはなれないどころか、マスクで顔を隠すことにより、どれだけ自分が今まで人の目を意識していたのか、改めて思い知らされた。

顔を見せなくていいことにホッとしている自分がいるけれど、マスクと同じぐらい、美醜に囚われ続ける世の中は窮屈で、早く解放されたくてたまらない。

下半身の神様とのおつきあい

前々回に書いたように不正出血があり、閉経の予兆か？　それとも病気か？　と、婦人科に行って子宮癌かどうか検査をしてもらった。

以前にも書いたが、うちは両親ともに癌の多い家系であるので、いろいろ不安を抱えながら過ごしていたのだが、結果は子宮癌ではなかった。

筋腫はあるが、小さいので問題はない。

そして肝心の不正出血だが、「閉経と関係ないんですか？」と聞くと、「無い」と言われた。

ただおそらくホルモンバランスが崩れたのであろうとのことだった。

もしかしたら、コロナ禍の最中、自分では「ずっと家にいるのは慣れているし苦にならない」と気楽に過ごしていたつもりだったけれど、自覚症状のないストレスを抱えていたのかもしれない。

仕事のほうでも、ちょっと珍しく悩むこともあったので、その影響もあるのかもとは考えた。

母親に電話して、結果を報告すると、「今回は無事だったかもしれんけど、あんたも年なんだから、これから身体にいろんなことが起こるで！　お母ちゃんは更年期しんどかった！　どれだけ女性ホルモンが大切かわかったわ！　更年期終わったら終わったで、あちこち痛い！　**でも年だからしゃあないわ！**」と、言われた。

親に脅されなくても、更年期には構えているつもりだが、きっとこれから老いるだけの肉体には、様々な厄介ごとが襲ってくるのだろう。それを考えると、やはり憂鬱にはなる。

とはいえ、何事もなくてよかったが、不正出血から検査結果が出るまでの十日間は、ひたすらいやらしい意味以外で、下半身のことばかり考えて過ごしていた。

そして浮かんだのは、「**女の下半身の神社**」のことだった。

久しぶりに、お参りしたくなった。


その神社は、和歌山県加太《かだ》の「淡嶋神社」という。

南海電鉄の和歌山市駅から加太線に乗り、終点「加太駅」で降り、そこからはタクシーなどを使うと、十分もかからない。

「淡嶋神社」は、神功皇后の伝説にも関係する由緒のある神社だが、人形供養として知られている。境内には市松人形、雛《ひな》人形、フランス人形をはじめ、二万体ともいわれる無数の人形で埋め尽くされていて、迫力がある光景だ。

数年前、和歌山市で用事があったので、せっかくだから前から来たかった加太を訪れ、温泉旅館に泊まった。加太は海の近くで眺めもいいし、温泉もあるのだ。

夕食のないプランだったし、外も真っ暗なので、ここに来るまでに和歌山駅で買った名物の「めはり寿司」を食べた。

着いた日は時間が遅かったので、翌朝、淡嶋神社に参拝した。

無数の人形に圧倒されながら、境内奥の末社に進む。

格子から末社の中をのぞき込むと、そこには無数のビニール袋と、大きなものから小さなものまで男性器を模したものが並んでいる。

ビニールに入っているのは、パンツだ。ショーツ、パンティ、ともいう。

実は、この淡嶋神社は、安産、子授け、婦人病など、女性の下半身に関するあらゆることを祈願する神社なのだ。

下半身の悩みを持つ女性たちが、こちらに訪れ、パンツを脱いで格子の奥に投げ込み、手を合わせる。ノーパンで帰らなくても済むように、売店には新品のパンツも売っていた。

前にここに来た際は、「子授けも安産も関係ないし、婦人病もかかっていないし」などと、考えていたのだが、五十歳を目前とした今となっては、もう一度、お参りしておきたい場所だ。

数年前に、パンツが奉納されている様子を見たときは、「なんやこの光景は！」と驚いただけだったが、今ならどれだけ身近な場所なのかわかる。

不正出血とともに、下半身の神様のことを、思い出さずにはいられなかった。

加太は温泉もいいし、海の眺めも潮の香りも素晴らしいのだが、食べ物も美味しい。

淡嶋神社の参道にあるお店にも、以前から行きたかったので、お参りをすますと、開店とほぼ同時に飛び込んだ。

店の名前は、「満幸商店」……。

まんこう、商店だ。

まん……こ……う……。

私の頭の中で、サザンオールスターズの名曲、「マンピーのＧ★スポット」が流れはじめ、桑田佳祐がシャウトする。

女性の下半身のもろもろ祈願の神社の参道に、こんな名前のお店があるのは偶然だろうか……。

お店の人に、それを聞く勇気は私にはなかった。

満幸商店で、しらす丼の小サイズと生ガキを注文した。ここのしらす丼は、溢れるほどのしらすに、梅がはいったタレをかけて食す。小サイズでも、十分な大きさだった。生ガキはすべて違う味付けで、絶品だ。他にも、ウニトーストや、あわしま丼、お店の人が一番すすめてくる鯛で出汁《だし》をとったわさびスープなど、たくさん種類があり、どれも安い。人気店であるのもわかる。

満幸で満腹になり、私は帰路についた。

憂鬱になりがちな更年期だが、和歌山県加太の海と温泉、そして神社に下半身の病平癒のお参りをして、満幸商店で海の幸を味わい幸せを感じる旅は、閉経カウントダウン世代の女性たちに、ぜひおすすめだ。

老いからは逃れられない。

性欲や性の興味とは別に、**下半身とのつきあいは続く**。

ならばいっそ、美味《うま》いものと温泉で癒されながら、自分の下半身と向き合って生きていこう。

若い娘が好きでもいいけどジャッジするな

顔が広いと思われているのか、男の知り合いから「女を紹介してくれ」と頼まれたことが、何度かある。

私より少し上の、五十代の男性たちだ。

「どんな娘がいいの？」と、聞くと、見事に同じ答えが返ってくる。

「若い娘！　できたら二十代！」と。

その時点で、「**はい！　却下**」。

申し訳ないが、目の前にいる男たちは、見栄えも年齢相応で、髪の毛が薄くなっていたり、加齢臭が漂っていたりもするし、金がなかったり、友人としては面白いけど人間的にはちょっとどうかと思うところもあったりで、私の知人の二十代の娘に、親子ほどの年齢差を超えて「おすすめ！」とは、言えない。

中には、既婚者のくせに、「女紹介して！」と言ってくる男もいるが、不倫というリスクを友人に背負わせるような無責任なこともできない。

そもそも、なんで二十代？　自分ら、もう立派なおっさんやろがと言うと、「だって男は若い娘好きだから」「おばさんはちょっと遠慮する」などと、どっからどう見てもおばさんの私に対して、当たり前だろと言わんばかりに返してくる。

そのうちのひとりの四十代後半の男が、以前、三十代の女性とつきあっていたのだが、私に対して彼女のことを、「三十代で、ちょっと年とってるから」と不満そうに口にしたときは、何言うてんねんなとツッコミの嵐が吹きまくった。

未だに昔のように、自分が若い女の当たり前の恋愛対象であるということを疑っていないおじさんは多い。

逆に、五十代、いや四十代の女性から、「若い男を紹介して。できたら二十代！」なんて頼まれたことは一度もない。

「男は若い娘が好きだから」とは言われるが、実のところ、女性だって若い男が好きな人は、たくさんいる。性別に関係なく、若くて見栄えのいい人は、好かれる。

若い男が好きなおばさんなんて昔から結構いるが、男の人のように堂々とできないのは、「**みっともない**」と、言われてしまうからだ。

若い男が好きな女性が、男のように「紹介して」なんて言ってこないのは、「自分はおばさんなのに、若い男が好きなんて恥ずかしい」といううしろめたさもあるし、本当に若い男と遊びたければ、ホストクラブに行ったり、出会い系で「若い男好きの熟女」として相手を探したり、推しを見つけて応援したり、コストとリスクを承知で楽しもうとしている。

若い娘好きのおじさんも、そうすればいいのに、我が身の立場を考えず、職場や身近な娘に想いを募らせ、「イケる」と思って手を出すからセクハラになるのだ。

そして私のような立派なおばさんに、「若い女を紹介して」と言って、「バカなの？」なんて、返されてしまうハメになる。


バスガイドの仕事での出来事だが、そのとき一緒に仕事をしていたのは、六十歳を超えて、年齢相応に髪の毛も薄くお腹も出ているおじさんで、しかも愚痴ばかりでセコいのでも有名な運転手だった。

ある神社の駐車場で、私がトイレに行って戻ってくると、その運転手が、偶然そこに来ていた二十代のバスガイドに、「なぁ、友だち何人か誘って飲み会しようや、若い娘な。ババアは連れてくるなよ」などと声をかけていた。

「ババアは連れてくるなよ」で、「お前が言うなぁーーーーーーっ!!」と、神社の神様を総動員してツッコミの嵐が吹き荒れそうになった。

「自分が立派なおっさんである」ということを無かったことにして、「自分は若い女の『対象』であると信じている」あの客観性の無さは、なんだろう。

女性は少女の頃から容姿をジャッジされ、大人になるにつれ年齢もジャッジされ、男たちに

「対象外」であると当たり前に判断されもする。

人前に出ると、当然のごとく「ババア」「ブス」という言葉を投げかけられ、発する側には何のためらいもない。「思ったことを口にしているだけ」で、悪気もない。

バスガイドの仕事では、それをいつも感じていた。客を出迎えた瞬間に、「ババアか。若いガイドがよかったのに」と面と向かって言われたベテランガイドや、運転手に「お前、ブスやなぁ」と言われて泣いたガイドもいる。

常に「若い子がいい、若いガイドと仕事したい」と公言している運転手もいて、若いガイドたちには「気持ち悪い」と言われていたが、そりゃそうだ。ガイドの仕事はお客さんを案内することで、運転手に可愛がられることではない。

修学旅行生にだって、「○号車のガイドさんのほうが若くて可愛いから、あっちのバスに乗りたい」だなんて、言われてしまう。

いつも思うが、なんでお前がジャッジするのだ。

こっちがお断りと考えないのか。

あるベテランガイドが、運転手に「おばさんじゃなくて、若いガイドと仕事したいわ」と言われて、「私かて若くて男前の運転手のほうがええわ」と言い返した話を聞いたことがあるが、そこまで強く出られない私などは、「おばさんで、すいません」と笑ってかわすしかなかった。

今考えると、なんで私が謝らなければいけないのだ。

女性はこのように容姿や年齢をジャッジされ続けがちだから、自らがどう見えるか、どうふるまえばいいか客観性を持たざるをえなくなる。

だからおじさんのように、「若い娘紹介して！」「男は若い娘に決まってる」なんて、言ってこない。言えない。

若さは大きな魅力だ。それは間違いない。

だから男も女も「若い人がいい！」と思うのは、しょうがない。

ただ、だからといって、「**ババアは対象外**」**とか、お前が言うな。**

母性って誰か見たことあるのか

昔は子どもが嫌いだった。

小さな子どもがいる友人の家に行くと、よかれと思って、「○○ちゃんだよ～」とか子どもを近づけてこられるが、唾液や鼻水、食事中にはケチャップなどが自分の服につけられやしないかとひやひやして、「可愛いね～」とか言いながら、内心「かんべんしてくれよ、汚い……」と思うこともあった。

電車やお店で騒ぐ子どもには「仕方がない」と、思いつつも眉をひそめたし、こんなうるさくて手間のかかる生き物を自分が育てる気になどならなかった。

子どもが欲しいと思ったことはなかったし、なるべく子どもには近寄らずに生きていくつもりだった。

ところがどっこい。

十数年前、妹が子どもを産んで、つまりは甥ができて、私は豹変《ひょうへん》した。

世の中に、こんな可愛い生き物がいるのか!! と、衝撃を受けた。とにかく可愛い。泣いても笑っても、そこにいるだけで可愛い。妹は次には女の子を産み姪ができて、そのうちもうひとりの妹や弟のところにも子どもができて、気が付けば甥と姪は九人になり、野球のチームを組めるほどになったが、全員可愛い。

実家に帰るたびに、甥や姪のアルバムを眺めるが、何度見ても飽きない。

そうなると、身内だけではなく、友人の子どもや、道行くベビーカーに乗っている赤ちゃんや小さい子どもも、「可愛い」と思うようになってしまった。さすがにいきなりさわったりはしないけれど、小さい子を見ると、「はぁ〜可愛い」と、顔が緩む。

盆正月に実家にきちんと帰るのも、甥姪が来るからだ。もう大きくなって、みんな私の相手をしてくれないけれど、いるだけで嬉しい。法事などの際には、喜んで子どもの面倒を見ていた。ずっとだっことおんぶをしていて、ギックリ腰になったが、それでも可愛い。

周りにも呆れられたが、こんなに豹変するなんて、自分のことが信じられなくなった。

しかし、この「甥と姪が可愛い」というのをSNSで呟いたり、人に話したりすると、「母性が目覚めたんですね」とか「やっぱり本当は子どもが欲しいんでしょ」と反応されるのには、いちいち閉口する。

私が女だから、そのように言われるけれど、男の人だって身内に子どもができたら、「子ども嫌い」から豹変する人だっているはずだ。知人の男性で、自分に子どもができて、別人のように子ども好きのパパになった人は何人もいる。そういう男性に誰も「母性が目覚めた」なんて、言わない。つまりは、母性というのは女性だけに当たり前に備わっているものだと思われているのだ。

そして、「**女はみんな子どもが欲しいはず**」「**女の幸せは子どもを産むこと**」と信じている人も多いから、子ども可愛い〜と言うと、「やっぱり本当は子どもが欲しいんでしょ」と言われてしまう。

数年前も、あるパーティで隣にいた同世代の女性と、子どもの話になって、結婚はしてるけれど、子どもは作らないと最初に決めたのだというと、「でも本当は欲しいでしょ？」と、しつこく言われて閉口した。あなたは欲しいかもしれないけれど、私はいらないのだというのを、何故わかってくれないのだ。

私が本当に母性的な人間で、子どもが欲しければ、作ってる。作れる状況だったんだから。私は結婚したのが三十九歳で、作家デビューと同時だったことから、子どもは作らない選択をした……と、常々言っているのだが、それを「子どもが本当は欲しいのに、諦めてかわいそう」などと解釈されることがある。

だから、欲しければ、作るって！　と、言っても、強がりだと思われてしまう。

そして「**母性**」**って、何？**　とは、いつも思う。

母性って、そもそも当たり前に備わってるものなのか？　**誰か見たんか？**　確認したんか？？　検査でもしたんか？？　根拠はなに？？　**データがあるなら出してくれ！**

ちなみにうちの妹たちを、私は「母性的」な人間だと思ったことはないけれど、頑張って、よく育てている。子どものいる友人に対しても、「母性的だ」とは思ったことはない。

私自身はどうかと考えると、初めての男に言われるがままに消費者金融で金を借りて渡してしまうぐらい男には甘いのだが、それは母性でもなんでもなくて、依存心が強いだけで、ましてや愛ではない。

男に限らず、面倒見が特にいいわけでもない。どちらかというと他人に対しては冷たいほうだ。人に甘えてこられるのはすごく苦手で、距離をとってしまう。自分が依存心が強いから、他人の依存心にも敏感で、避けるようにしている。そして子どもは可愛いとは思うけれど、じゃあ面倒みられるか、長時間一緒にいられるかというと、無理だ。

自分自身に「母性」を感じたことはない。**「子ども可愛い」＝「母性」ではない。**

母性という言葉は、女性の魅力のひとつとしてよく使われる。でもその「母性」は、男性の我儘《わがまま》を許してくれ、自分のすべてを受け入れてくれ、家庭的、つまりは身の回りの世話をしてくれて、温かく接してくれて、寛容な女……それって、要するに「自分にとって都合のいい存在」以外の何物でもない。

それを当たり前に女に求められても、困る。ときどき、家族や恋人以外の男性にも求められてしまうのは、困るを通り越して呆れる。

「自分という存在を受け入れ許してくれる人」を欲するのは、男でも女でも変わらない。ただ、「母性」というものが備わっていると思われている分、女のほうがそれを求められてしまいがちだ。

「夫の浮気を許す妻」が、称賛されるのも、ひとつの例だろう。芸能ニュースで、「夫に浮気された妻」が、謝罪したり、許したことで「いい奥さんだ」と、評価が上がるのを見る度に、もやもやする。

そんな曖昧で都合のいい「母性」が、当たり前に女に備わっていると思うのは、もういい加減、やめて欲しい。

子どもは可愛い。子どもは好きだ。

それにいちいち「母性」とか言われるのは、そろそろ勘弁してください。

「へー」としか言いようのない男の自慢話

小説家になって、もうすぐ十年になるが、初対面の男の人に、いきなりセックス体験の話をされることが、たまにある。

普通、初対面の女に、そんな話はしないだろうと思うのだが、私が性愛を描いているから、「この女にならエロいこと話してもOKだ」「セクハラにはならない」と信じているのだろう。だいたい、私より年上の男性で、内容は様々なバリエーションはあれど、ほぼセックスの自慢話だ。

直接顔を合わせてだけではなく、SNSにも、よく知らない男性からセックス自慢を延々と書き連ねたメッセージが来る。

本人たちは自慢のつもりはないかもしれないが、言いたいことは「俺ってすごい」ということなので、自慢以外の何物でもない。

内容を分類すると、

1、体験人数自慢。こんなにたくさんの女とセックスしてきた。

2、イカせ自慢。複数の女たちを、絶頂に導き、ヒイヒイ言わせてきた。

3、SM自慢。普通のセックスじゃ飽き足らず、SMプレイで女を悦ばせている僕はご主人様です。

4、巨根自慢。俺のが大きくて、女が離れないんだよね自慢。

だいたい、こんな感じだ。

対面で、こういう話をされたときは、「へー」としか相槌《あいづち》の打ちようがない。

私は小説家になる前は、AV情報誌でコラムやレビューを少し書いていたことがあり、もともとAVが好きだった関係で、AV監督、女優、男優の友だちがいる。仕事とはいえ、体験人数が数千人の男優たちと接しているので、「俺、百人以上とセックスしてるんですよ」と、話されても、本当に「へー」としか言いようがないのだ。

そもそも、体験人数が多けりゃ偉いのか？　セックス上手いのか？　というのは大いに疑問だ。私の経験上でも、たくさんの女としてるはずなのに、なんじゃこりゃな男はいた。

そしてイカせ自慢をする男に対しては、「彼がイカせた！　と思い込んでいる数のうち、**どれだけの女性が演技をしたのだろう**。**お疲れ様です**」と思ってしまう。

男の中には、「女は必ずイクものだ」と信じている人が結構いるのだが、そういう男にあたると、とにかく延々とやり続けられるので、疲れて「もうイクふりして終わらせよう」と穏便な結末を選択するしかないし、「イク」を最終目標にされると快感に没頭できない。

そういう男性にあたってしまった女性に対しては「お疲れ様です」というねぎらいの言葉し

かない。

ＳＭ自慢に関しては、「腕を縛ってセックスした」とか、そんなの別に特別なプレイでもないんじゃない？　とか思っている。私は「団鬼六賞」の肩書で、最初の頃はよくＳＭ好きだと誤解されていたのだが、極めてノーマルな私からしたら、「蠟燭《ろうそく》を垂らした」と言われても、「熱くて嫌だな」としか思えない。痛いのも臭いのも嫌だから、全然羨ましくない。

ＳＭが好きな人は周りにもいて、別にそれぞれ楽しめばいいんじゃないという考えだが、ＳＭプレイで、普通のセックスよりも自分のほうがレベルの高い快感を女に与えていると信じ込んでいる男性には、やはり「へー」以外の言葉は返せない。

巨根自慢に関しては、今までも書いてきたが、「巨根」＝女はみんな喜ぶと思っているのは、**男性週刊誌やポルノの読み過ぎですね**としか言いようがない。

女の人だってセックス自慢をしてくる人はいるが、男のように「たくさんの男とヤリました！」ではなく、パートナーとこんな気持ちのいいセックスして愛されていますというパターンが多い。この日記連載の告知に「あたしはセックスして彼氏もいて満たされて幸せだけどなぁ」とか、いちいちマウント引用リツイートする暇な女もいるが、本当に幸せで満たされているなら、ＳＮＳに張り付いて赤の他人を不愉快にしてまで優越感を抱くような行為はしないと思う。自分が気持ちよくなりたいだけのオナニーに、つきあわせないでいただきたい。

男のセックス自慢は、とにかくつまらない、おもしろくない。間違っても、「私もこの人に抱かれたいな〜」なんて、思わない。

彼らが私に初対面でセックス自慢をしたり、メッセージを送ってくるのは、エロいのを書いている女に「すごーい！」と言われて、「俺はやっぱりすごいんだ」と思いたいのだろう。あるいは「取材させてください」とでも言われたいのか。「俺って、たくさんセックスしてるから、ネタの宝庫ですよ！」と言ってくる人もいるけれど、やっぱりおもしろくない。

以前、焼き肉屋で仕事の打ち合わせのために友人を待っていると、近くのテーブルで、サラリーマンらしき数人組がいたのだが、どうやら上司が部下に、「妻以外の女が複数いて、セックスしまくってる」話をしているようで、部下が気の毒になった。肉が不味くなりそうだ。

私などはセックス自慢男の話は「へー」と低い声で相槌を打ち、「お前の話には関心ないんじゃ」という態度を見せて話を終わらせられるけれど、サラリーマンたちはそうはいかない。

私が部下なら、上司が帰ったあとで、散々「キモい」とか「嘘に決まってる」とか、悪口を言うために呑みなおす。

ちなみに私がそのときに待っていた友人は経験人数八千人以上のAV男優だった。

私のツイッターのDMで、延々とセックス＆SM自慢話を送ってきた男性のアカウントを見ると、プロフィールに「ちょいワルオヤジです」とあって、はぁああーーーっと、大きなため息が出たことがある。

出た！　自称ちょいワルオヤジ！　仕事もエッチもエンジョイしてる俺！　カッコいいって自分に酔ってる男！

飲み会等で、隣に来て、「○○って、ホテル知ってます？　あそこのSMルームが〜」とか、「俺も、女のことではいろいろエピソードあるんですよ。遊んできましたからね」とか話しはじめられても、疲れるだけだ。小説の参考になったことなど、一度もない。

たくさんの女とセックスをしました！　と自慢する男よりも、ひとりの女を長年愛し続けて飽きずに抱いている男のセックスのほうが私は興味があるけれど、そんな男は他人の「すごいねー」という言葉なんて必要としていないので、自慢をしに来ることはない。

今後も、セックス自慢をしたがる男たちが、私のもとにわらわらと寄ってくるかもしれないけれど、「へぇー」と低い声で相槌を打ち、「自分のこと、ちょいワルオヤジ」とか思ってんのかなぁ……と、冷めた目でしか見ないので、**ご了承ください**。

ピルをやめたら慰労会したくなった

先月、不正出血があった話は日記に書いた。

私は低用量ピルを服用しているので、生理の周期がわかる。それなのに、思いがけぬ時期に出血したので、「病気？」かと思って婦人科に行った。

結局、病気ではなく、ホルモンバランスが崩れたのだったが、実は今月も、予定よりもだいぶ早く出血があった。これは不正出血ではなく、生理の周期が短くなっているのだ。更年期、そして閉経のサインだ。

そうなったら、もうピルで生理周期をコントロールできるというメリットが無くなったので、ピルを飲むのをやめることにした。先日、婦人科に行ったときも、「五十歳になったらやめたほうがいい」と言われていたので、そのタイミングなのかもしれない。

低用量ピルには、今までの人生で、ずいぶん助けられた。最初に婦人科に行って処方され、飲み始めたのは三十代半ばだ。幸い副作用もなく、やめた時期もあるが、また復活して、今までお世話になってありがとうございます！　と、感謝の言葉しかない。

どうも世の中には、ピルを服用している女に対して、まず「生でヤレる」とか、まさかのヤリマンだと思い込んでいる人たちがいるらしいが、本当に迷惑な話で、こういう発想をする人のせいで、服用を躊躇っている人がいるとしたら、悲しいことだ。

ピルのおかげで、ＰＭＳ（月経前症候群）の不調がだいぶ楽になったし、何しろ生理が来る時期が正確にわかるというのは、ストレスを軽減した。

ついでに言うと、**避妊だって大きなストレスだ**。望まぬ妊娠をするかもしれないというリスクを抱えないほうが、セックスを楽しめる。「外に出すから大丈夫」と言う男との行為で、妊娠、堕胎をした女性を複数知っている。そりゃコンドームが一番安全なのは間違いないが、ピルは女性が自分で自分の身を護《まも》る鎧だ。

そして今、ピルをやめることを決めたけれど、これから昔のように、いきなり生理が来ると考えると、げんなりしている。温泉に気軽に行けない。そして生理日に合わせて仕事量を調整するということもできない。

周期が短くなってからの生理初日が、身体は怠《だる》いわ気持ちは落ちるわで、なかなかしんどい。今まで本当にピルに助けられていたのだというのを痛感している。

タンポンも抵抗があって使わない人が結構いるのに驚く。私は小学校高学年で生理が来て、母がまさにタンポンに抵抗がある人だったので（四人も子どもを産んでるのに）、使いはじめたのは大学生になってからだ。大学一年目は寮生活だったので、いわゆる「生理のおもらし」（経血がナプキンから溢れ、下着や衣服を汚すこと）は、避けたかった。

「生理のおもらし」では、学生時代に男の子の家で飲み会していたときに……など、悲劇的な話もよく耳にした。自宅ではあるが、朝、嫌な感触で目が覚めて、シーツを洗う羽目になったことは私だとて何度かある。

タンポンを使いはじめて、その快適さに衝撃を受けた。ストレスが軽減するし、生理痛も楽になった気がした。バスガイドの仕事なんて、トイレも自由に行けないし、泊まりも多いし、タンポンにどれだけ助けられたことだろう。タンポンはずっと手放せない生理の友だったが、閉経と共にお別れが近づいている。

ピルにもタンポンにも、「慰労会」を開いて、「今までありがとう」と言いたいぐらいお世話になった。

こうして書くと、改めて生理は大きなストレスだったのだと思う。もちろん、子どもを産むために必要だからというのは承知した上で、「よく、長い間、生理とつきあってきたね」と、自分にお疲れ様を言いたくもなった。まだ閉経してないけど。

思えば昔は、生理のせいで、女性は「不浄」だとされていたのだ。

そしてこの生理のしんどさは、男の人にはわからないだけではなく、個人差があるので生理時の不調の症状が軽い女の人にも、わからない。男の人ははなから体感できないだろうけれど、女の人に、「生理ぐらいで」と怠け者扱いされるほうがしんどい。知人には生理中は寝込んでしまう人や、職場で倒れた人もいる。しんどい人は本当に大変なのだ。

こんなめんどくさい生理と、もうすぐお別れできるなんて！

やっぱり「祝・閉経」！

そうなったら、そうなったで、「更年期のしんどいのが来るで」と、母親に脅されてはいるが、そのときのことは、なってから考える。いや、もう立派に更年期で、症状も多少は出てきているのだが。老いてあちこち弱るのは、仕方がない。

生理と四十年近くつきあってきたが、この大きなストレスを抱えていくために必要なのは、知識だ。女だけでなく男にも、身体の仕組みは知っておいて欲しい。赤飯を炊いて祝うよりも（今どきそんな家があるのかどうか知らないけれど）、正しい知識を伝えて欲しい。

そういえば、ふと今思い出したけれど、昔の男に怒ると、すぐに「生理か？」と、返されたことがあったが、お前が貸した金を返さないからだよ、**生理のせいにするなボケ**。

ストレスの夏は流れに身を任せて

盆地である京都の夏は格別に暑いけれど、今までは祇園祭、五山の送り火、そして川床と、常に人だらけだった。今年は様々な行事も中止になり、歴史に残るであろう静かな夏だ。そして、今月になって、夏が本気を出してきて、殺意を感じるレベルの暑い日が続いている。

十日ほど前、なんだか左脚の付け根が痛いなと嫌な予感がしたら、次の日から立ち上がる際などに激痛が走るようになった。坐骨神経痛だ。六年前に、この症状が出て、一昨年に再発して、今度は再々発だ。とはいっても、以前ほどはひどくない。歩けるし、買い物にも行けるし、夜も眠れる。前は寝たきりにならざるをえなくて、トイレも這《は》って行っていたので、だいぶマシだし、これを書いている時点ではほとんど治りかけている。

そしてこの坐骨神経痛と共に、生理が来た。ピルをやめてから、二度目の生理だ。もう閉経カウントダウンに入っているので、期間は短かったが、身体のダルさ、肩こりに脚の痛みがプラスされ、気温は高いし、不快感が凄《すさ》まじかった。

おそらく坐骨神経痛も、生理と関係ある。ここ数年、生理前の症状として腰痛が加わっていたが、とにかくあらゆる不調が生理前には一気に襲ってくる。それにくわえ、外の暑さと冷房の温度差もあるかもしれない。

ピルをやめて改めて、「**生理って、こんなにしんどいんだ！**」というのを味わっている。

今までなら、ピルを飲み生理の周期がきっちりしていたので、生理の来る前日、一番精神的にしんどい日は、旅行したり、楽しい予定を入れて精神的な安定をもたらすようにしていたが、今はいつ生理が来るかわからないので、それもできない。くわえて、コロナ禍で、以前のようにあちこち行くのにはためらいがある。いちいちうしろめたいし、それ以上に、外出して感染したら、無症状でも、人に移したらとか考えると行動が鈍る。

そして、マスクが、暑い。先日、外に出る用事をまとめて済ませて家に戻ると、いつも以上にぐったりしていたのだが、マスクのせいだとも思った。

こんな状態なので、そりゃ言われなくても不要不急の用事以外は外に出る気がしない。そして坐骨神経痛により、「映画でも見ようかな」「ちょっと外で美味しいものでも食べようかな」という楽しみも絶たれたお盆を過ごした。

夏といえば、サマーバケーション、楽しい季節のはずだったのに。

昔は「ひと夏の恋」なんて言葉もあったたし、大学一年生の夏休みは、彼氏と初体験やら恋がはじまった娘が多く、夏休み明けには非処女が増加していた記憶がある。

「夏をあきらめて」「夏のせいかしら」とか、夏の恋を唄った歌も多い。

しかし、年を取るごとに、夏がきつい。

もともと、夏だ！　アウトドアを楽しもう！　という趣味は皆無だったが、もう夏に野外で何かするなんて、とんでもない。

まず紫外線に当たると、湿疹が出るようになった。肌がボロボロになるのだ。

それにくわえて更年期のホットフラッシュで、顔と首周辺にやたらと汗をかく。

外出時に化粧をしても、外に出た瞬間、ドロドロに溶ける。剝げたファンデーションの下の毛穴が目立つ。よく、「化粧崩れ対策」についての記事を読むと、「外出時の化粧崩れ対策は、いったん化粧をすべて落としてマメにやり直す」とあるが、そんなスペースも時間もあるかぇと言いたくなる。トイレの洗面台を陣取って化粧をしたら迷惑だし、化粧直しのスペースがある施設なんて限られている。だから結局、脂をとってパウダーでごまかしてきたのだが、最近はマスクで隠されるからどうでもよくなってきた。

年を取れば取るほどに、夏はストレスでしかなかったのにくわえて、コロナ、そして生理の不快感、坐骨神経痛が一気に来て、つらかったが、それでも私は外出しなくて済む仕事についているだけだいぶマシだ。子どもがいないから、「外に遊びに連れて行って」とも言われないし。そうやって、「私なんか恵まれているほうだから不満を感じちゃいけない」なんて考えながら、また鬱々と過ごしている。

この思うようにならない不安な数ヶ月、二〇一一年三月の東日本大震災のことを何度も思い出していた。私がデビューして、初めての本を出す十日前に、あの震災が起こったのだ。全く浮かれられない、小説家デビューだった。小説、しかも官能小説どころじゃないし、むしろ「こんなことをしている場合なのか」と、うしろめたさが付きまとった。

先が見えない、未来などない、そんな時期に小説家になった。それでもなんとか、やってきた。

あれから九年が過ぎ、変わったことといえば、私が年を取ったことだ。だから以前より、身体も心も弱くなっているのかもしれない。

人は年齢と経験を経たからといって、心を鍛えられはしないのだというのを、痛感している。今も昔も、縋《すが》るものなど何もないし、常に不安だけれども、思えばずっとそうだった。

夢など見ないし、希望も見えない、前向きにも生きられない。

あの頃のように、ただじっと時間が経つのを待って、流れに身を任せて生きるしか、私はこの時代の過ごし方を知らないけれど、無理にポジティブになるよりは、いいんじゃないかと思っている。

「女同士」に入れなかったからこそ見えたもの

「女子向け」「女性へのおすすめ」などとタイトルがついている本や映画の紹介を見ると、ことごとく惹かれなくて、そのたびに「私は女じゃないんか」と詰め寄ってしまいそうになる。エッセイ等で、「女が集まると、いつも恋バナがはじまる」「女の一番の興味は結婚だ」「女の子はいつだって恋が大好物」などのフレーズを目にすると、セックスへの興味は強くても、恋愛には全く関心がない私は、「**女というカテゴリーに入っていないのか**」と言いたくなる。

子どもの頃から、そうだった。

漫画はいろんな雑誌を読んでいたけれど、一番好きなのは「少年ジャンプ」で、学生時代には本棚に『北斗の拳』など、ジャンプに連載していた単行本が並んでいた。

女子大に入ると、「女の子の好きそうなものに興味がない」に拍車がかかり、周りと話が本当に合わなくて、つらかった。二十代の頃の愛読書は、ゴシップ誌「噂の眞相」「週刊ベースボール」「週刊文春」等で、「女性向け」な雑誌とは無縁だった。

同じ時期に、ハマったのが、アダルトビデオだ。同時に、様々なジャンルのエロ本も買い出して、「女でこんなのが好きなんて、誰にも言えない」と、うしろめたさを抱いていた。

学生時代、次々と周りが初体験してセックスを知るようになるのだが、「彼がすごくしたがるから、仕方なく応えた」とか「男の子って、すぐやりたがるよね。私はそんなことない、一緒にいるだけでいいのに」と、体験談はことごとく「女が受け身」だった。処女ながらも自分の性欲を自覚していた私は、自分の形はどちらかというと「男」ではないのかとまで思っていた。

だからずっと、私は、自分が「女」であることに違和感があったし、ましてや「女の子」「女子」という生き物とは、自分とは別の種類の生き物だと思っていた。

その後、私自身も様々な経験をし、世の中も変化していって、今なら女が性欲を持つことなんて当たり前だと思う人も増えたし、インターネットのおかげで、世の中にはたくさんの世界があるのを知って、自分は異常！　女じゃない！　などと思うことも減った。

それでも未だに、どうしても「女子向け」「女性のための」と冠するものが、苦手だ。ポルノに関しても、女性向け官能小説、ＡＶが、ことごとくハマらない。あと、「女性向け」とされるジャンルで、主に恋愛映画や恋愛小説をすすめてこられるのも、それらのジャンルが苦手な私は、勘弁してくださいとも思ってしまう。

商品を売るために、「女性向け」というカテゴリーをもうけるのは、間違ってはいない。そうしないと売れない場合もあるし、女性向け官能小説やＡＶなどは、そうやってカテゴリーを作ることによって、手に取りやすくなる。

こうしたコラムやエッセイのタイトルを「女はみんな」とするのも、わかりやすく、多くの人に読んでもらうためには必要なことではある。

けれど、そのような商業用の目的以外で、普段「女」という大きな主語を当たり前に使い、自身の「女」というカテゴリーに当たり前に他人を入れていることに違和感がない人を見ると、「この人は、自分が『女』であることに、私のように疎外感や違和感を抱かずに生きてこられた人なんだな」と、どうしても羨望交じりの冷めた目で見てしまう。

そして、「女同士だからわかりあえる」と、連携したがる人たちも苦手だ。女同士だからこそ、分断を感じることのほうが多い。かといって、「女の敵は女」と、言いたがる人間も、アホか、とは思う。

仲間でも敵でもない。それは男だとて、そうだ。「男」「女」と、主語を大きくして憎み、罵り合っている人たちを見ると、存在しない壁を作って感情をぶつけ、それを娯楽と憂さ晴らしにしているようにも思える。

一応、私は性別は女なので、この「女同士だからわかりあえる」連携したがる人たちに、取り込まれそうになった経験が何度かあって、いつも違和感に耐えられなく、逃げている。

「やっぱ女同士って、いいよね。女の子、大好き。男といるより、女の子といるほうが楽しい〜」と言いたがる女が、複数の男、しかも人の恋人に誘いをかけている事例を見て、この人の「女同士っていいよね」というのは、同性から嫌われるのが怖くての防御、あるいは「私は男好きじゃないよ」と、同性を油断させるためにそう振る舞っているのかと思ったことが、何度かあった。

経験上、「男より女と一緒にいるほうがいいよね〜」と、わざわざ口にして、「女同士だから」という性別上の一致のみで距離を詰めてくる人、徒党を組みたがる人は要注意だ。

女同士の友情が何より第一！　という人たちから見たら、私は「かわいそうな人」かもしれないし、性格が悪いと捉えられるだろうが、しょうがない。

ネットの狭い世界では、男の性の欲望や高圧的な振る舞いが悪者にされがちだし、私も「おじさん叩き」について書くと、反響が多い。実際に、男の人に対してうんざりすることは多いし、おじさん的価値観をぶっ壊したくなることは、しょっちゅうだ。

けれど、自分も含めて女がそんなに男より出来た生き物だとは、全く思わない。

女だってバカだし、ズルいし、悪いやつはいっぱいいる。

女だから弱者に寄り添えるなんてのは、大間違いだ。

女だろうが、男だろうが、人はわかりあえない生き物だからこそ、わかりあえた気になるのは危険だと思っている。それは友人、親子、恋人、すべての関係性がそうだ。他人のことをわかった気になると、悲劇が起こる。わかりあえない上で、わかろうとする努力は必要だけど、わかった気になられるのは困る。

そして私自身は、正しいことを言いたがる、清廉潔白で、ピュアな「女」よりも、毒々しい「女」に興味を持つ。

「女同士って、いいよね〜、男なんて好きじゃない」と表面で口にしながら、裏で嫉妬を滾《たぎ》らせている人たちを見ると、喜んでしまう自分はやっぱり性格が悪いのだろう。

私は「女」というカテゴリーには、入れてもらえないからこそ、外からじっくり眺められるようになった。

決して好きではないけれど、「女」は、私が何より興味がある生き物だ。

「昔はよかった」自慰はひとりで

私はもともと酒もあまり飲まないし、夜出かけるのも好きじゃないので、仕事関係以外で、誰かと酒場に行くことは、近年はほぼ無い。

けれど小説家デビューしてしばらくは、仕事を絶やさないために人脈を広げようと考え、あちこちの会合やパーティに積極的に顔を出していた時期もあった。

その流れで、何度か「業界人が集う酒場」に連れていってもらったことがあるのだが、見事にハマらなかった。

ある程度以上の年齢の「業界人」たちの飲む場所での会話は、だいたい「昔はよかった」という話で、本人たちは楽しそうだけど、聞いているうちになんだかモヤモヤしてしまうのだ。で、あなた、今はどうなの？　今は何してるの？　と、問いかけたい衝動を堪《こら》えていた。

自分より年齢が上で、「昔はよかった話」しかしない人は、結構いる。それだけでもなんだかなと思うのだが、その延長で、「今」を否定したがる人が、めんどくさい。

「今の映画は」「今の音楽は」「今のアイドルは」「今のＡＶは」「今の小説は」「今のストリップは」と、「今はダメだ」と言いたがる人たちの中で、ちゃんと「今の〇〇」を見ている人には出会ったことがない。

私が、「でも、最近の○○もいいですよ」と言っても、君は知らないんだよ、とばかりに、こじつけに近い欠点をあげ連ね必ず反論されると、二度とこいつとは会話せんとこと思うし、一生昔を引きずって生きてろと言いたくなる。

SNSのプロフィールに、十年、二十年以上前の自分の過去の栄光を書き連ね、そのことばかり呟いて、「じゃあ、あなた、今は何をしているの？」と疑問を抱いてしまう人も、よく見かけるし、正直、知り合いにもいる。自分は何もしていないくせに、批評家気取りになって、他者の作品の欠点を探して得意げになっている。

その人が、ときどき、「昔のすごかった頃の俺」を語って自分だけが気持ちよくなっているオナニーであるのにも気づかない姿は、見ていて悲しくなる。

それに加え、現在の自分が浮かばれないのは社会のせいだと信じていて、愚痴が攻撃性を帯びると、もう本当につきあいきれない。

私は全く「昔はよかった」と思っていない。

子どもの頃は、変わった子だったからいじめられもしたし、十代、二十代と過剰な自意識に振り回され悶々とし続け、「女の子」になれない自分を嫌悪した。性的なことに興味は強いのに全くモテず、男に相手にされず、「女同士」にも入れず、結果「私みたいなクズを相手してくれるのはこの人しかいない」「自分はどうせ一生、男とつきあうことなんかできない」と、二十二歳上の男と初体験をして、言われるがままに消費者金融数社で借金をした。

二十代半ばから三十代前半にかけては、借金返済のためのハードな日常と、ひたすら責められ否定され精神的なＤＶを受け、言葉を発することもできず、毎日「死にたい」と唱える日々を送り、何もかもが親にバレて実家に戻ってからは、ひたすら朝から晩まで工場で働き……と、私の「若い頃」「昔」は、黒歴史でしかない。

自由に物を買えたり、旅行をしたりできるようになったのなんて、三十代後半だ。無軌道で暴力的、破滅的な性体験は重ねたけれど、恋愛経験は乏しい。貧乏時代が長かったので、海外旅行だって未経験だ。

だから「昔はよかった」「若い時代に戻りたい」なんて話に、乗れるわけがない。

不満はあるけれど、今が一番幸せ！　今が最高！　なのは、間違いない。

月末に借金の返済で死にたくならないだけでも、今は恵まれている！

仕事だって、もっと売れたいとは思うし、不安は抱えているが、好きなことをやっている。

過去が黒歴史のあまり、今でも映画館で青春胸キュンラブストーリーの予告を見ると、心の中で嫉妬と怨嗟《えんさ》の傷が疼くし、自分は男に愛されて当たり前な女の人と対峙すると「別の人種だ」と思い、人生を呪いたくもなる。

そんな時代があったから、今のあなたがあるのだと言われるし、確かにそうかもしれないけれど、二度と同じ目には遭いたくないし、自分の前半生がダメであることは疑いようがない。若い頃は楽しかったなんて、死んでも口にできない、できるわけがない。

でも少なくとも「昔の輝いていた自分」のままで止まっている人たちや、「昔はよかった、今の○○はダメだ」という話しかしない族を見ていると、「昔は最悪だったから、今が一番幸せ」な私でよかったと思ってしまう。

「昔」（というか、バブル時代）は、確かに、経済が潤い、人々はお金を持っていた。バブル以前の昭和の時代も活気があったのは間違いない。

「昭和レトロ」なんて言葉があるし、私もそういった場所やお店、昭和の文化は好きだ。でもちょっと冷静に考えれば、豊かではあっても、セクハラ、パワハラという言葉もなく、強者のふるまいが何でも許された時代を、称賛などできない。

私がバスガイドになった頃は、まさにバブルがはじけた直後だったけれど、客や運転手によるセクハラは、当たり前のようにあったし、泣き寝入り、我慢を強いられた。

何より、女性は二十代後半から「お局様」などと呼ばれ、「結婚できない欠陥品」とレッテルを貼られ、仕事で活躍する場も限られていた。結婚すればしたで労働力とみなされ自由はない。

そんな時代に、戻りたいわけがない。

とはいえ、私も十年後ぐらいに、「昔、小説を書いていて、本も出したのよ」と過去語りをして、若い人たちの前で、「今の小説は全部つまんないから、私の居場所も無くなったの」なんて、**「昔はよかった族」**になっているかもしれないという不安はある。

SNSで、一日中「すごかった私」について呟いているかもしれない。

上手に年を取るためには、容姿を保つとかの外見上のこと以上に、他人を「自分のオナニーの道具にしない」のを心掛けることも大切だと、「昔はよかった族」を見て、自分に言い聞かせている。

官能作家とわざわざ呼ばないで

ちょうど十年前、二〇一〇年九月に「第一回団鬼六賞大賞」を受賞し、小説家デビューした。官能小説なんて書いたことがなかったけれど、とにかく小説家になりたくて、手あたり次第応募して、ひっかかったのが団鬼六賞だった。

団鬼六はもともと大好きで、その名に惹かれて、官能小説を書いたけれど、それまで自分のようなものに官能が書けるとは思ってもいなかった。

性への興味は強いけれど、男に好かれない女である自分は、男を勃起させるための小説なんて書けるはずがないと信じていた。

そうして思いがけず官能でデビューして、私は「女流官能作家」と呼ばれるようになった。わざわざ「女流」というのは、官能というジャンルが基本的に男性のものだという前提だろう。

その肩書で世に出て、想像もしなかったことに、たくさん遭遇した。

初対面の人に、「やっぱり経験を書いているんですか。すごい体験されてるんですね」などと言われる。いきなり「旦那さんと、どんなセックスしてるんですか?」と問われて、驚いたこともある。

逆に、「そんな経験無さそうだから、すべて妄想でしょ」と、バカにしたようにも言われる。私の容姿を見て、「経験無さそう」と判断されるのも、なかなかひどい話だ。普通なら「セクハラ」である質問を、男からも女からも当たり前にぶつけられる。

飲み会などに私が出ると知ると、「エロい話を期待してますよ！」「エロいこと教えてくださいい」と言ってくる人がいて、それも戸惑った。普段からそんな話ばかりしているわけではないのに。

しかし、注目されるならいいかと、最初の頃は、私自身も「女流官能作家」という肩書を使って、演じようとはしていた。

デビューして、運よく仕事が途切れず、ありがたいことに官能以外のジャンル、ホラーや怪談、ミステリー、京都案内などの本も出したし、性愛をテーマにはするけれど、男性を興奮させる「官能」ではない小説を書かせてもらえることも増えた。

だから私は「女流官能作家」と名乗ることをやめたし、その肩書をつけられそうになると、訂正することにしている。官能小説を書きません！　と宣言しているわけではないし、依頼があると受けるし、でも、「官能作家」という肩書とイメージがあると、それだけで私の本を手にとらない人も多いのが嫌なのだ。

「官能」だから買う人もいれば、「官能」だから恥ずかしい、いやらしいと、避ける人もいる。

私はたくさんの人に自分の本を読んでもらいたい、興味を抱いて欲しい、書店で手にとってもらいたい。だから今まで、本の表紙だって、過激ではなく、女性でも手に取りやすい装幀《そうてい》やタイトルをお願いしてきた。

私は「女流官能作家」ではなく、ただの「作家」「小説家」として、私の本をたくさんの人の手に届けたいと、努力してきたつもりだった。

他人からしたら、無駄な足掻きかもしれないし、**「官能を見下すな」**と怒っている人や、私のことをものすごく嫌っている官能作家がいるのも知っているが、私の本が多くの人に読まれるために、いちいち肩書を訂正するのは、必要な抵抗だった。

「いろんなジャンルを書いているので、官能という肩書をつけるのはやめてください」と頼むのは、そりゃあめんどくさいし、相手にもうるさい女だと思われるのは承知だが、そう言わないと、いつまでも私は「女流官能作家」「エロいのを書く人」だとしか思われない。

今年の初め、たくさんの人が集まる知人の誕生パーティで、二度ほど面識のある女性と再会したのだが、その人は周りにいる人たちに向けて、私を指して「ねぇ！　この人！　エロいの書く人！　すごくエロい人！　官能書いてる人！」と、「紹介」しはじめた。

私のことなど知らない人たちは、ちょっと困った顔で、こちらを見ている。私自身も、その場を立ち去りたくなる衝動を堪え苦笑いしているのに、その人は気づかず、「エロいの書くのよ！　はっはっはー！」と楽しげだ。

去年も、同じことがあった。頼まれて出席したあるパーティで、皆の前で小説家だと紹介され、スピーチを頼まれた。そこまではいいけれど、酒に酔っている、知らないおじさんが、ずっと「エロいの書いてる！　ポルノ！　ポルノ！　体験？？」と、大声で茶々を入れてくる。

このように、不特定多数の人に「性的な女だ」と言い回られることは、しょっちゅうだ。知人と飲み屋に行くと、その知人が周りの人に、「この人ねぇ、いやらしいの書いてるの」と吹聴し、最初の頃は私も場の雰囲気を壊さないようにと「官能書いてるんですよ！」と、期待に応えていたのだが、ここのところは、「またか」と思って、次に来る「経験ですか」という質問にげんなりして、来たことを後悔するの繰り返しだ。

最近は、こうして囃《はや》し立てられたり、からかわれる度に、「不快だ」と伝えるようにはしているので、私はきっと、サービス精神のない、つまらない、うるさい女だと思われているだろう。

官能以外、いろんなジャンルを書いていますよと何度言っても、「エロいのを書いている人」としか吹聴されず、そういう扱いしかされないのは、結局、私の本が読まれていないからだというのは、誰よりもわかっている。

売れていない、才能がない、だから「**エロいのを書く女**」という、キャッチーな部分だけしか人の記憶に残らない。

だから私は「エロいの書いている人」と囃し立てられ、何度訂正しても「女流官能作家」と書かれる度に、ひどく気持ちが落ち込むし、悔しくてはらわたが煮えくり返り、自分を責める。「女流官能作家」「エロい人」だとしか見られないことに、小さな抵抗を繰り返し続けてきて、本当はものすごく疲れてしまって、何もかも放り投げたくなるときが、しょっちゅうある。別の名前でいちから新人賞に応募しようかとも、たまに考える。

けれど、少ないなりに、私の小説を読んで必要としてくれる人もいるので、まだしばらくは、「小説家」になれる日まで、もう少しだけ足掻いてみるつもりではいる。いつか、疲れ果てて何もかも諦めてしまう日が来るかもしれないし、「小説家」になることを諦めたほうが楽かもしれないなんて、思ってはいるけれど。

昔の女はいつでもヤレる女ではありません

もう十数年前の話だが、ある四十代の既婚者の知人男性と会っていたとき、彼が、「そういえば、この前、高校の同窓会に久しぶりに行った」という話をしてきた。

「そこで、昔の彼女と再会して、同窓会のあとでホテルに誘ったんだけど、断られた。女心って、よくわからないなぁ」

と、彼が言うので、はぁあ？？　と、声をあげそうになるのを抑えた。

女心がわからない？　いや、なんでお前、「**昔の女は当たり前に誘ったらヤレる**」こと前提なの？　しかも既婚者だろ！　その時点でアウトな女はたくさんいるぞ！　と、ツッコミどころが満載だった。

昔は昔、今は今！　しかも、二十年以上前の話で、そのときから今まで、彼女だって幾つか恋愛もしただろうし、昔の恋人なんかより、いい男とも知り合っただろう。そんな時間の流れを無視して、今でもイケると思っているほうが私は不思議でならなかった。

女のほうは「元カレ老けたな～」「うわぁ～、おっさんになったな～」ってがっかりしてるかもしれないのに！　いや、たぶん、それ。

そこまで自分に都合よく考える男心のほうがわからない。

そんな「昔の女とはヤレる」と信じている男の不可解は、自分の身にも降りかかってきた。私のところには、初体験の男から、数年に一度か二度、メールが来る。あちこちに書いている二十二歳上で、消費者金融に私を行かせて金を返さなかった男だ。最後のほうは憎悪と殺意に塗《まみ》れて関係を絶ったのだが、それももう二十年以上前の話だ。

数年間は音沙汰がなかったのだが、十年ちょい前に、「どうしてる?」とメールがあり、いや、どうしてるもクソも、お前のせいで私は大変だったんだと無視しても「お茶しませんか」とメールは続く。

ほぼ無視しているのに、今でもたまにメールが来て、「お茶しよう」と言ってくる。あるとき、久々にホテルに行かないかという内容が来たので、「私、結婚しました」と返した。そうしたら、「そうか、お幸せに」と返信があり、これでもう連絡は来ないだろうと思っていたら、数年後に、何事もなかったかのように「元気か、会おう」とメールが来て、今にいたる。

どうやら、この男は、私が「初めての男」である自分を、まだ全然受け入れてくれるという確固たる自信があり、何度無視しても**「イケる」と信じている**らしい。

確かに初めての男ではあるけれど、関係を絶ってからもう十数年以上経ち、その間、私もそれなりに男と経験して、ついで女ともしたのに、時間の流れもお金を借りて返していないことも、すべて無かったことになっている。

半世紀前は、確かにこの男は、私にとって№．1の男だった。だってその男しか知らんかったから！

あのとき、二十代だった私は、もうすぐ五十代になるというのに、どうしてその間の私の人生を無視するのだ。

今年に入ってからも誘いのメールは来た。**連絡が来る度に、「それより金返せよ」**という言葉がこみ上げてくるのだが、「金返せ」「無いから返せない」という不毛なやり取りは十数年前にうんざりするほど繰り返したし、当時、弁護士に相談しても、その男は支払い能力がないから現実的に返金は難しいと言われ、結局なし崩しになってしまった。

せめてこの男のことをネタにして金を稼ごうと思っているのでメールの拒否もせず、こうしてせっせと書いている。


「昔の女とヤレる」と信じている男は、ものすごく多い。

一方で、昔の女と当たり前に「ヤレる」とまでは思わないにせよ、「聖なる存在」にして、自分の中で偶像化し自己陶酔している男も、わりといる。

「彼女が、『これ以上、あなたのことを好きになったらつらいから別れよう』と言ってきたんだ」と、酒のグラスを傾けながらうっとりして語られると、「いや、たぶん、他に男ができたかなんかしたんだけど、すんなり別れるために、嘘言ったに決まっとるやん」なんて、私も本音を口にせず、黙って聞いているが、アホやなと思う。

男友だちで、十数年前に別れた妻の自慢ばかりする人がいた。私は「別れた妻だって、あんたに言わへんだけで、新しい男おるやろ」と内心思っていたが、それを口にすると、「彼女はそんな女じゃない」とばかりに全否定されるのが予想できたので、何も言わなかった。

「男はロマンチストだから」と言われるし、確かにそう思うが、そのロマンには現実の女は不在だ。「今」を生きている、仕事や家庭を持ち、年を取っておばちゃんとなりそれなりに苦労も男とのあれこれも背負い込んだリアルな女を無視すんな。

過去の恋愛になど、期待しないで欲しい。

結局の所、彼らが見ているのは、自分を理解し、すべて受け入れてくれる実在しない女神を昔の女に投影しているだけだ。

欲しいのは、都合よく記憶を改ざんして過去の恋愛を追い求めている男ではなく、今を共に生きる男だけだ。

「女を捨てて笑われる」にはもう笑えない

京都のよしもと祇園花月に、「京都ピンク花月 第七夜」を見に行った。ピンク花月とは、上方落語協会所属の落語家・桂ぽんぽ娘《こ》さん主催の18禁イベントで、私も過去出演したことがある。桂ぽんぽ娘は、主に「ピンク落語」というアダルトな内容の演目で知られている。ピンク落語、ピンク漫才、そして上方落語の大御所・桂あやめさんのSM大喜利など、ピンクに徹した内容は、何ひとつ内容を表に出すことはできないが、めちゃくちゃ面白くて、久々に声を出して笑った。

実は私はこの日、ひどく気分が落ちる出来事があったのだが、ピンク花月のせいでへこまずにすんで、救われた。コロナ禍で、イベントなどにも行けなかったので、生の笑いに飢えていたのだなとも思った。

ぽんぽ娘さんと知り合ったのは、文芸誌で艶のある落語の小説を依頼されたのがきっかけだ。実のところ、落語には詳しくなかったので、いわゆる「艶笑落語」というジャンルの動画を見たり本を読んだりはしたものの、どうもピンとくるものがなかった。

そんなときに、「ピンク落語」という下ネタをやっている女性の落語家の存在を知り、取材のつもりで寄席《よせ》に行くと、衝撃的に面白かった。想像していたよりも、ずっとエロいネタだけど、全く不快ではなかった。そしてエロに徹して振り切っている姿勢も清々しかった。

落語で、こんなことしていいの？　と、驚くことばかりだったが、エンターテイメントとして完成されていて、私は彼女に取材を申し込んで話を聞き、ピンク落語家を主人公にした「桃色噺」という小説を書いた。

桂ぽんぽ娘さんは上方の落語家だが、東京生まれで東京で漫談をしており、結婚した。ところが彼女自身の浮気が原因で離婚、名古屋の大須演芸場で知り合った桂文福師匠に弟子入りし関西に来て落語家となった。のちに彼女のファンであった男性と再婚し、娘がいる。

彼女のピンク落語は、男にも女にも容赦がない。男の幻想、女の狡《ずる》さ、恋愛やセックスの滑稽さを笑いに変える。セックスにおける男の勘違いにツッコミを入れ、女のしたたかさや欺瞞《ぎまん》も露わにする。

おそらく彼女の落語を私が小説にすれば、後味の悪い、「怖い」ものになるだろう。そこまで書かなくていいんじゃないかと言われるようなものに。

けれど彼女は、それをすべて笑いに変える。

今回のピンク花月も、女性のお客さんが半分以上いただろうか。女性が彼女を支持するのは、よくわかる。

彼女の落語は、エロを扱っていても、男にとって都合のいい物語では全くないから、女性が聞いて爽快なのだ。そして男性の中でも、自身の「男らしさ」について懐疑的である人は、痛いところを突かれたと思いつつも、共感するのではないか。

このような落語を女性がやることは、ずいぶんと反発や非難もあったようだ。あんなの落語ではない、女が下ネタをやるなと怒られ、泣いたこともあるという。

ピンク落語を続けることで、講演会の仕事も減ってしまったとは聞くが、それでも彼女は下ネタで、女として女の痛みや傷を笑いに変え、人を楽しませ続けている。

昔、**女性芸人は「女を捨てないといけない」**なんて言われていた時代があった。女が女を出すと笑えないとも。

私が子どもの頃は、容姿や独身であることを自虐ネタにした女芸人たちの「笑い」に何の疑問も持たずに笑っていた。

けれど十年ほど前に、ある新人ばかりの女性芸人の会に行った際に、あんまりにも容姿の自虐が多いのに辟易《へきえき》してしまった。ひな壇トークでは、男性司会者にツッコまれるために、自分の容姿を蔑み相手にしてもらおうとする。

見ているうちに、暗い気持ちになってしまったのは、自分自身も若い頃に同じことをしていたからだ。

笑われるのが怖いから、先に自分で自分を貶め、自虐する。「お前はブスだ」と言われる前に、**「私はブスです」と口にして心を守ろうとした。**容姿を嘲笑されることに本当はいつもいつも傷ついていたけれど、そんな心の弱さを見せたくなかったから平気なふりを装うために、自虐した。けれど、心が守れるどころか、もっと傷は深くなっていた。だってそれは自虐というよりも自傷行為だったから。

そんな若い頃の自分を思い出してしまうから、当時四十歳を過ぎていた私は、女芸人たちが、とにかくまず容姿の自虐をするのに、笑えなくなっていた。

五十歳の今は、もっと笑えない。

それが芸人たちによって「おいしい」ことであっても、**つらくなる。**

いや、それ以上に、私は「芸」が見たいのだ。

自虐なんて誰でもできることではなく、プロの「芸」が見たい。

今の時代は世間の意識も変わり、もう容姿の自虐や独身であることで笑いは取りにくくなっている。つまりは、自身の「芸」が試されるということだ。

そんな世界で、桂ぽんぽ娘は、唯一無二の自分の「芸」と向き合い、逆風の中、次々に新作を生み出している。

女が、女のままで、人を笑わす。

女が女を捨てる必要がある世界なんて、本当はどこにもないのだと、桂ぽんぽ娘の「芸」は、教えてくれる。

五十代の女に欲があったらいけないのか

私の誕生日は四月上旬なので、五十歳まで、あと半年だ。

小説家デビューと結婚をほぼ同時にしてからの激動の四十代が、もうすぐ終わってしまう。でもだからといって、別に何も思わない。二十代や三十代が終わるときはどうだったんだろうかと考えてみるが、覚えていない。

前にも書いたが、私は、二十代と三十代が最悪で、「昔はよかった」なんて全く思っていないので、年をとることに感傷的にならずにすんでいる。

ところで五十歳を前にして、低用量ピルの服用をやめてから、三度目の生理が来た。周期的にはわりときっちり来るのだが、二日から三日で終わってしまう。その代わり、二日目の量が多いのと、生理前日と当日、二日目、この三日間が精神的にも肉体的にもしんどい。前日は、とにかく気分が落ち込む。

けれど、もう三十年以上生理とつきあっているると「これは生理前の症状だな」とわかっているから、とりあえず寝るか本を読むか映画を観るかで不安から目を逸《そ》らして翌日を待つ。生理がはじまると、暗鬱な気分はマシにはなるけれど、肩が重くて怠くて眠いし、集中力がない。

しかしこれも生理だから！　と自分に言い聞かせる。

そんなふうに**バリバリ「閉経前」を体感**しているのだが、いつ訪れるかと恐れている「性欲の減退」「セックスに興味がなくなる」のは、今のところまだだ。

ここ数年、同世代の女性から「性欲がなくなってしまった」という話を何度か聞いた。楽になったという人もいれば、焦りを感じている人もいる。焦りを感じている人の中には、「パートナーは欲しいけれど、セックスが苦痛になってしまったら、良好な関係を築けないのではないか」と心配している人もいる。

確かに、そこは重要で、四十代を過ぎると、男でも女でも「セックスしたい人」「したくない人」が、はっきりと分断されてしまう。若い頃は、好きでも嫌いでも、とりあえず身体も元気で、恋人同士ならセックスがセットであったし、結婚すれば生殖目的でセックスが必要だった。けれど年をとると、生殖の役目も終わり、したくなければせずに済む。

そして、したくても勃ちにくい、濡れにくくて痛いなどと身体がいうことをきかなくなる人もいれば、性的なことに完全に興味を失ってしまい、セックスなんてとんでもないという人もいて、極端に人生におけるセックスの必要性に個人差ができる。

この性欲の個人差は結構深刻で、パートナーの望みに応えられないから拒んで浮気されて、夫婦関係が破綻するというのは、男女ともによくある話だ。

性欲、セックスの問題は、年をとってからのほうが厄介なのかもしれない。

また私の場合は、性に関する小説を書いているので、性欲がなくなってセックスに興味がなくなったらどうしようとずっと考えているのだが……今のところ、全くそれはない。

思えば、**性欲に振り回されてきた人生**だった。

思春期から性に強い興味はあったけれど、自意識過剰で現実の男性とのつきあいには縁がなく、男の人が好きでセックスしたいのに男に相手にされない、性欲の対象にされない劣等感に雁字搦めになり、二十代半ばになって初めて自分に興味を持ってくれた二十二歳上の男に言われるがままに消費者金融に金を借りてやっと処女を捨てた。それからは私の性欲と劣等感につけこまれる形で、男は自分を餌に金を借り続け、破滅した。

そのあとも、私は性欲や男に振り回されてきた。劣等感が強くて自己肯定なんてできてないから、男が少しでも自分に興味を見せたら、簡単にセックスする。そして依存しかけて、相手に突き放されるの繰り返しだ。自分に気がある男の前で、自分の値段をつりあげるなんて器用な真似は、私にはできない。簡単にセックスするし、何よりただの「穴」としてでも求められるのが嬉しかった。愛されるなんて、自分には高望みし過ぎだから、欲望の排泄の対象として求められるだけでもよかった。

つまりは、単純に性欲だけではなく、性欲に見せかけた承認欲求でもあったし、自分が人に甘えられるのはセックスしているときだけだった。

それでもやっぱりセックスは楽しくて気持ち良くて最高の娯楽で、二十代、三十歳の頃は、本当にセックスで頭の中がいっぱいだった。だからこそ、私を苦しめる私の性欲を憎みもした。もしも私が、セックスに興味がなくて、性欲だってたいしたことなければ、そもそも消費者金融で金を借りて仕事も辞めるはめになったり実家に帰ったりもしていなくて、もっと普通の平穏な人生を送っていただろう。小説家になってはいなかったかもしれないけれど。

生まれてこの方、性欲や男に振り回されず「私は私」と自分を確立して堂々と生きている人から見れば、愚かにしか見えないのは承知だし、実際に、「理解できない」とも、よく言われる。

こうしてネタにできるようになったし、今はなんとなく社会性のあるふりをして暮らしてはいるけれど、自分の人生をひとことでいうと「性欲に振り回されセックスに溺れたバカ」だとしか言いようがない。

でも、未だにセックス以上の快楽と幸福をもたらしてくれるものを、私は知らない。けれどそれらは瞬間のものに過ぎない儚《はかな》いものだから、その鮮烈な一瞬を留《とど》めておきたくて小説を書いている。だから、五十歳を前にして、性欲やセックスへの興味を失うかもしれないのを寂しくも思っている。

まるで散々ダメ男に振り回されて痛い目にあったくせに、またダメ男を好きになる懲りない女のようだ。

そんな人生を五十歳で閉経とともに卒業できるのか……いや、本当は「セックスや性欲に関心がない人生なんてつまらない」と思っていて、しがみついているのは、私自身なのだ。

若くない女の性欲は嗤われる

前回、五十歳からの性欲の行方について書いたが、ちょうど面白い本を読んだ。

日本史エッセイスト・大塚ひかりさんの『くそじじいとくそばばあの日本史』は、パワフルなキーワードとして「くそ」という言葉を使い、日本史に登場する老いた者たちの活躍を紹介している。

その中で、改めてすごいなと思ったのが、一休と小林一茶だ。

一休さんは、私が子どもの頃はアニメの可愛い「とんちの一休さん」しか知らなかったが、大人になるにつれ、実在の人物、しかも天皇の息子という血筋なのに、そのあまりにも破天荒な生き方に度肝を抜かれた。

一休さんは七十歳を過ぎてから、盲目の森女という女と仲良くなり、そのセックスを赤裸々に歌で残している。美しい言葉を使っているが、かなり過激な内容だ。

それだけではなく、一休さんは男と交わったことも遊郭通いも隠さない。当時、お坊さんは建前として女犯《にょぼん》、つまり女性とセックスすることは禁じられていたのだから、どれだけ大胆な人だったのかわかるだろう。

そして小林一茶だ。一茶は五十二歳で最初の結婚をしてから、結婚三回、子どもが四人生まれた。一茶はなんと、夜の営みの回数を日記に残していて、一晩三回、五回のときもあるという。

今の時代に一休と一茶がいれば、「週刊現代」や「週刊ポスト」の「六十歳からのセックス」特集にコメントを寄せていることだろう。

ただ、精力絶倫の男性の話などは、特に珍しくもないし、今の時代だって元気なおじいちゃんは結構いる。風俗やストリップだっておじいちゃんだらけだ。

問題は、女のほうだ。

女はいつまでセックスできるのか、相手はどこで見つけるのか。

大塚さんの本の中にも少し紹介されているが、「源氏物語」に登場する源典侍《げんのないしのすけ》という女性は、五十代の仕事ができて教養もある女官だが、「いろごのみ」として知られている。

主人公の光源氏、友人の頭中将《とうのちゅうじょう》も源典侍とはセックスするが、物語の中で彼女は、「**いい年をしてるくせに**」と侮蔑、嘲笑のニュアンスで描かれている。

若くない女の性欲は、嗤われる。

平安時代だけではなく、今の時代だってそうだ。ババアの性欲気持ち悪い、ババアのセックス話なんて聞きたくないと、四十代の私だとて散々言われた。

確かに男に比べ、若くない女のセックス、性欲の話は生々しく感じてしまい、私も人に聞かされて戸惑うこともある。どこか受け入れがたいのは、「若くない女」が、自分の母親と重なるからなのか。母というイメージはセックスと切り離される。だから母親は恋愛するな、遊ぶななんて言われてしまう。

けれど現実には母親であろうとも若くなかろうとも、年を取って「はい終わり！」と、性欲は簡単に完結しない。たとえみっともない、恥ずかしいと言われようと、セックスしたい女は、たくさんいる。

前述した一休も一茶も、その元気さは称賛したいが、相手が当人よりもだいぶ若い女ばかりで、「結局、若い女しかセックスしちゃいけないの？　男はみんな若い女が好きなの？　おばさんはどうすればいいの？　若くない女でセックスしたがる源典侍は嘲笑の存在だし、やっぱおばさんはあかんのか？」と、グレそうになっていたが、ちょっと待て。

改めて考えると、源典侍って、「源氏物語」に登場する女の中で、幸せ度は相当高いのではないか？

「源氏物語」に登場する光源氏の女たちだが、紫の上は幼い頃に、源氏の母の面影を残しているからと、無理やりやられてしまい妻になる。子どもはいないが美しく気遣いもできる紫の上は「完璧な妻」と評判も高いが、源氏が自分よりずっと若い女三宮を妻にすると、心が不安定になり病に苦しみ、出家して源氏の妻であることから逃れようとするのに許されない。その女三宮は、夫以外の男から強引に迫られ不義の子を宿し、若くして出家する。

源氏の最初の妻・葵の上は、源氏に手を出されたあげく冷たくされ生霊となった六条の御息《みやす》所《どころ》の嫉妬で亡くなるし、明石の君は自分は身分が低いからと日陰の身で嫉妬を抱え込みながらもじっと耐えて過ごす。源氏の継母である藤壺の宮は源氏に迫られ関係を持ち子どもを産み、罪の意識に苛まれこれまた出家する。

源氏はイケメンな上に財力もあるから、好意を抱かれ関係を持った後は、心が他の女に移っても生活の面倒は見てくれて安泰ではある。

でもそれでいいのか女たちよ！　男に人生左右されすぎじゃないのか！　と、「源氏物語」を読むと、たまにもやもやする。

その点、源典侍は、自分から男を誘い、ガンガンやる。

今でいうと「ヤリマン」なのかもしれない。

おばさんのヤリマン、いや、当時の感覚だと、おばあさんのヤリマンだ。

しかも、セックスが、男が好きで、五十歳を過ぎても若いイケメンたちと一夜の遊びをして楽しむ彼女には、ずっと思い続けてくれる修理大夫《すりのかみ》という男もいるのだ。

……あれ、源典侍がやっぱり一番幸せな女ではないか？？

儚く美しく、男が他の女と遊ぶのにも耐える良妻、そして源氏の欲望に従い若くして亡くなった女たちは、物語の中で美しく描かれる。

けれど、笑われ、バカにされても、欲のままに男とセックスして長生きもした源典侍が一番人生を楽しんでいるのは、間違いない。

もうすぐ五十歳になる私は、どうせまたあと何十年か生きるのならば、みっともないと笑われても、「私おばさんだから」と卑屈にもならず、ガンガンとセックスありきの人生を楽しむ源典侍を羨望する。

うっすらとした絶望を生きている

コロナ禍の中、芸能人の自死が続き、悲しみの声があがる。「自ら命を絶たないで」と訴える人たちがいる。面識のない人でも、その死が応えるのは、死を選ぶまでにどれほどの苦しみがあったのだろうと想像して苦しくなるのと、残された人たちの悲しみが重すぎるからだ。

私の周りには家族に自死された遺族が複数いて、心を切り裂かれ治ることのない傷を抱えながら生きている。その姿を見ていると、どれだけ人の死は残酷なのだと思う。

こんなに悲しいことはないと、芸能人だけではなく身近な人の自死の報を聞くと思うけれど、でも、じゃあ、自分が自ら命を絶つ選択を「絶対にしない」と断言できないと、最近ずっと考えている。

二十代半ばから後半にかけて、私は三十歳を過ぎた自分の人生が想像つかなかった。未来などなかったし、生きていくつもりもなかった。バイトの面接で「将来の夢」と問われると、正直に「ありません」と答えた。

毎日、死にたいと考えていたのは、消費者金融に数百万円の借金があり、働いても働いても減らなくて心身ともに疲れていたのと、その借金を作らせた男の前で私が何か口にする度に怒鳴られ怒られ否定されていたからだ。

好きな本、好きなテレビ番組の話をすると馬鹿にされた。しまいには私は言葉を発せられなくなった。喋ろうとするのに、喉の奥から言葉が出てこないのは、男に否定されるのが怖いからだ。じゃあそこから逃げられたらよかったけれど、もとから自分に自信がない上に否定され続け、「**私を相手にしてくれる人はこの人しかいない**」と、男から離れられなかった。

今でこそ文章を生業《なりわい》にしているが、卒業論文を読んだ男に、「君には書く力がない」と嗤われ、それから十年、全く文章が書けなかった。

消費者金融からの催促の電話が会社にも来て、私は仕事を辞めた。借金のことが親にバレたら死のうと思っていた。お金がないから人づきあいもできないし、人並みに生きられない劣等感で友人とも距離ができた。誰にも相談できず、私が人生を断ち切る手段は自死しかないと思っていた。生きていたって苦しいだけだ。高い建物の窓が開いていると、そこから飛び降りた自分を想像し、踏切の前で飛び込むタイミングを探しながら立ち尽くす。夜中に刃物を並べて、じっとそれを眺めていた。

あの頃は、はっきりとした絶望があり、死しか選択肢が見えなかった。

ところが**私は思ったよりもしぶとくて、死にぞこなった。**積極的に生きようと思ったことは無くて、未だに自分は「死にぞこない」という感覚がある。けれど三十九歳で小説家になってからは、「死にたい」という気持ちは消えた、はずだった。

今年の夏に、『京都に女王と呼ばれた作家がいた』という山村美紗の評伝を刊行したが、これは数年間「出すまで死ねない」と思い続けてきた本だった。

その本が手を離れてひと息ついた頃に、もうひとつ数年がかりでそれなりに時間も取材費も資料代もかけ、書き直しと修正を繰り返して取り組んできた小説の、大手版元の担当者と、連絡がとれなくなった。十ヶ月放置され、思い切ってメールをしても返信がない。結局、同じ会社の別の編集者に相談すると、彼が働きかけてくれてから二週間後に、やっと謝罪と「怠惰でした」という返信が来た。仕切り直ししましょうと言われたけど、もうこの人と一緒に仕事をするのは無理だと思った。

その編集者は一線でバリバリ活躍している人だから、「怠惰」な人ではないのは承知している。要するに、私という作家の優先順位が低いのだ。それでも、ダメならダメ、直せなら直せと伝えて欲しかったのだが、きっと彼にとって私はその手間すらかけたくないほどに価値がないのだろう。

こんなことは、出版の世界ではよくあることかもしれないが、私の自尊心はボロボロになり、「私は居場所がない」「私はこの世界に必要とされていない」「作家として価値がない」とつきつけられ、自分には生きる意味すらないと思うようになった。

コロナ禍で、人と会わないことも拍車をかけたのかもしれない。その問題を抱えていた頃は、とにかく自己否定の言葉が溢れて、地の底に落とされた気分だった。もしも私が若くて気力があれば、なにくそ見返してやるとエネルギーに変えて這い上がってこられたかもしれないけれど、そのときは「もうだめだ」としか考えられなかった。

これからますます本は売れず仕事も無くなっていくだろうし、この先、いいことあるのかと考えても答えがでない。生きていたって老いて身体の不調が増えてしんどいだけだ。切り裂かれた自尊心は、塞《ふさ》がらない傷のように血を流し続けていて、治すすべが見つからなかった。

消えたはずの「死にたい」という言葉が、浮かんだ。けれど私が死んでも、その編集者からすれば売れない作家が死んだとて痛くも痒《かゆ》くもなく、ただ残された人たちに迷惑をかけるだけだということもわかっている。そうして冷静でいられるうちは、本気で死にたいわけじゃないのも承知している。

けれど未だにその編集者の名前を見ると、死にたい気持ちが蘇り、苦しい。

それから新刊も少し売れたし、なんとか仕事もあるし、書きたいものもあるし、本を読んで映画を観て、ときどき人と話もして、たぶん、周りからすると元気に楽しく生きているように見えるだろうし、実際に不安はあれどまあまあ楽しい。

けれど常にうっすらした絶望が、張りついている。

それはかつてのように、今すぐ死にたいというようなはっきりした絶望ではなく、薄手の布のように吹けば飛び、存在することも忘れがちだけれど、透けて見えるそのうっすらとした絶望の先に私は生きていこうと思えるような光を見いだせないのだ。

死はいつも目の前に存在して、私を待ち受けている。

はっきりした絶望ならば、昔のように撥《は》ねのけて生きる力に変えたり、どこかに相談もできるけれど、うっすらした絶望はやっかいで、いるかいないかわからぬぐらいにひらひらとまとわりついて、離れない。手ではらっても、ふとした心の隙間にまた入り込んでくる。それは他人から見ると、ほんの些細なことだろうけれど、足を踏み外すには十分だ。

でも、まだ死なない、死ねない。

そう唱えながら、絶望から目を逸らし、なんとか生きている。

今の私ははた目には何も不自由がないように見えるだろうし、私自身も幸福だと思っている。けれど、そのうっすらした絶望に、これから先、背を押されないとは言い切ることができないと、芸能人の自死の報に接する度に考えている。

若くない女は恋をしないとは誰も言い切れない

先日、取材で長崎に行き、花街・丸山を歩いた。かつては日本三大遊郭のひとつと言われた場所で、現在でも芸者さんたちがいて、料亭で芸を鑑賞することができる。

行ってみて、『長崎ぶらぶら節』を読んでおけばよかったなと思った。『長崎ぶらぶら節』は、なかにし礼による小説で、直木賞を受賞し、映画化もされている。

丸山付近には、この小説に登場する場所に立て看板などで説明書きがあったり、道しるべもあちこちにあり、きっと本や映画を観て訪れる人が多く、愛されている物語なのだなと考えながら眺めていた。

京都に戻り、さっそく注文して、届いてすぐ『長崎ぶらぶら節』を読んだ。

ヒロインは丸山の芸妓・愛八で、史学者・古賀十二郎に、「長崎の古い歌を探して歩こう」と声をかけられ、ふたりともに歌を探す。

愛八の年齢は四十九歳、芸は達者だが、不器量な女という設定で、「年齢も、『不器量』も私と一緒じゃないか！」と、他人事ではなかった。

芸者なので世話になっている旦那はいるけれど、愛八は古賀十二郎に初めて会ったときから、惹かれていく。それは彼女にとって、初めての恋だった。好きな人ができたからと、旦那とも縁を切る。古賀には妻子もいて、遊び人でもあり、そもそも愛八の一方的な恋愛感情にもかかわらずだ。

古賀に声をかけられ、古い歌を探すためにふたりは会い、旅もする。古賀は愛八の気持ちには気づいているが、その一途でまっすぐな恋心がわかるからこそ、一線は越えない。

ちなみに愛八と古賀は実在の人物だが、恋愛部分は創作だ。

この本や映画の宣伝文句で、「無償の愛」という言葉をあちこちで見かけたが、そうならざるをえないのだ。

だって若くも美しくもないし、処女じゃないけど恋愛経験無い女は、求める勇気も、求め方も知らないから、惚れた男に与えるだけしかできない。

愛八は病に倒れ、自分の代わりに古賀に抱かれろとばかりに、自分が可愛がっている器量よしの若い娘を古賀のもとにつかわす。

そうやって、ひたすら「与える」ことで彼女は幸せを感じている。

私などはつい読みながら、「**そんなに好きなら、ガンガンいっちゃえよ！　とりあえずセックスしろよ！**」と思ってしまうのだが、若くない女の恋が、そう簡単に行動にうつせないのは知っている。

相手が明らかにこちらに好意を抱いていて、それに応える形ならいいけれど、そうではない、こちらの一方的な強い恋愛感情は、拒まれて、そこで終わってしまうのが、とても怖い。

若い頃のように、「この男がダメなら、次!」と切り替えられもしない。

年をとっても、心は強くなるどころか、昔より傷つきやすく臆病になっている。

だから恋をするのは、とても怖い。もう立ち直れないほどの傷を負ってしまうかもしれないから、怖い。

けれどそれでも、恋は容赦なく人の心に入り込んでくるので、「これから先、絶対に自分は恋をしない」なんて、本当は誰も言えないのだ。

私の知り合いの女性で、「自分に興味を持たない人と恋愛はしない。だから自分に気のない男の人を追いかけるってしたことがない」と言う人が何人かいる。彼女たちの恋愛を否定はしたくないが、私の知っている恋とは違う。

恋は理性や制度を超え、社会という枠組みも振り切って、取りつかれてしまうもので、どうしたって抗えない。相手に妻子がいようが、自分に気がなかろうが、惚れてしまうのが、恋だ。こんなに理不尽な感情はない。好きになってはいけない、苦しむだけだとわかっていても、恋をしてしまうと、そこから逃れるのは容易ではない。

昔から「恋したい〜」なんて楽しそうに口にする女が理解できなかった。思うようにならない恋に振り回されて、苦しんで泣いて、心身ともに摩耗するなんて、誰が好き好んでしたいものか。

既婚者の男が「恋したいな」と言ってくると、「妻と別れる気もないのに、恋愛するのは、相手を苦しめ大きなリスクも背負わせることだって、わかってんのか？」と、説教したくなる。

セックスだけならいい。でも、セックスしただけじゃ済まされない、心まで持っていかれて恋になることもある。その先に待ち受けているのは、幸福だとは限らない。

私はもう若くないのだから、穏やかに暮らしたい。思うようにならない恋愛に苦しむのは、二度と嫌だ。

「セックスはしたいけど、恋なんてしたくない」という我儘な望みを近年は抱いていたが、自分はどれだけ心を守り傷つくのが怖いのかという臆病さを、この本を読んで思い知らされた。愛八の「無償の愛」は、美しいけれど、でも、やっぱり、一度だけでもいいからセックスをして、愛おしい男と肌を合わせる幸せを感じてから亡くなって欲しいと、思いっきり感情移入しながら読んだ私は思った。

もしかして、セックスしたら、がっかりして、恋は終わったかもしれないけれども。

セックスしないままだから、この物語は「無償の愛」となり、人々を感動させたのだろうけれど、「四十九歳、不器量、恋愛経験少ない」私にとっては、叶《かな》わぬ恋の痛みを感じさせる、苦しい物語だった。

恋なんて、避けて生きていきたい。

でも、そう思っていても、恋に落ちることはあるのだと、私はおそるおそる恋に脅えながら生きている。

死なないために眠る

眠り方なんて、ずいぶん前に忘れてしまった。

かつて、どうやって寝ていたのか覚えていない。

私は月に一度、病院の精神科で処方される薬がないと、眠れない。

小説家になって三年目ぐらいから、仕事が忙しくなった。連載を抱え、書き下ろし数本と、単発の文芸誌の短編を毎月書いていた。仕事を貰えるのはありがたいし、書くのは楽しい。幸せなはずだった。

けれど悩みも抱えていた。以前、ここにも書いたけれど、団鬼六賞でデビューして「官能作家」のイメージが強く、酒の席などでずっと「エロいのを書いている人」だからと、性体験や性的嗜好のことばかり聞かれるのと、「エロ作家!」「SMの人だ」と囃し立てられ、「そういうふう(性経験が豊富)には見えませんよね」と、遠回しに容姿を揶揄される。

官能は好きで書いているけれど、他にも怪談とかホラーとか、いろんなジャンルを書いているのに、そこは全く無視されて、私の本を読んでもいない人たちに「エロ作家」と性的なことばかり言われるのに辟易した。そして媒体に取材された記事が載る度に、容姿の誹謗《ひぼう》中傷もついてきた。

書いても書いても、いつまでたっても評価は「エロいのを書く人」で、小説家ですらないらしい。私は「自分は価値がない人間だ」と思い続けてきたから、仕事という形で人に必要とされることで、やっと生きることを許されたけれど、読まずにイメージだけで「エロい人」という扱いしかされず、他の作家とも態度を変えられるのに気づいてしまった。

それでも書き続けた。遊ぶ時間も暇もなく、とにかく起きて書いて、食事をして書いて寝て、仕事だけをやり続けた。私はこれから仕事だけして、醜く老いていくのかと考えていた。全く潤いもない、ただ仕事するだけの生活だった。

そうして、眠れなくなった。

三日間、意識が覚醒し続けて眠れないこともあり、生活は無茶苦茶になった。起きて仕事をしていても、朦朧としている。階段を下りたいのに、どうやって脚を動かしたらいいのかわからず、バランスを崩して転げ落ちてしまうイメージしか浮かばなかった。

信号が変わるのに気づけない。感覚が麻痺《まひ》して、赤信号で横断歩道を渡りかけ、走ってくる車の音でやっと我に返ることが何度かあった。

眠れない夜、布団の中で考えるのは、悲観的なことばかりだ。ネガティブな言葉が次々と湧き出してくるけれど、眠れないから逃れることができない。溢れる言葉に追い詰められる。

このままでは死ぬ、と思って、医者に行った。

死にたくなかった。

それからずっと、薬を飲んで眠っている。薬を飲むことをよくないという人もいるけれど、私はもうあの眠れない日々が再び訪れると、心が病む確信があるし、事故も怖い。

死なないために、眠っている。

昼間に眠くなることがあってうとうとしても、悪夢しか見ない。

朝方の光の中で見る夢も、必ず悪夢だ。

眠れはするけれど、深い眠りと安息を得られるのは、数ヶ月に一度ぐらいだ。

それでも眠れるだけましで、旅をして映画を観て本を読んでと娯楽で心を潤し、身体もずいぶんと楽になり、平穏な生活を手に入れた。

けれど、今でも、薬を飲んでも眠れないことが、たまにある。

つい先日も、ある場所で、私の仕事は本当に認められていないのだなとひどく落ち込む出来事があった。その場では耐えてはいたが、代わりに私はひどく饒舌《じょうぜつ》になっていたから、うるさいよくしゃべる女だと思われているだろう。「エロいの書いている人」と囃し立てられ、その役割から逃げるために、心を守るために饒舌にならざるをえなかったのだ。

性は人間の根源で、セックスはほとんどの人が当たり前にすることで、人肌に救われることもあるのに、それを書いていると、どうしてこんなに侮蔑、嘲笑され続けるのか。

いや、知っている。

「**私**」**だから、馬鹿にされる**のだと。

ひとりで家に戻ると凄まじい自己嫌悪がこみ上げてきて吐き気がした。過去の傷口から瘡蓋《かさぶた》がはがれて血が溢れ、怒りで眠れなくなり泣き続けた。怒りはすべて自分にまわってくる。お前が悪いのだ、本が売れない、イメージを払拭できないお前がすべて悪いのだ。

もしもこの怒りを他人にぶつけることができたなら、こんなにも自分を責めなくていいのかもしれない。けれど若くない私には分別ができてしまい、自分に刃を向けることしかできない。みんな悪気はないのだ。だから私は私を責める。傷ついてしまう弱い心のお前が悪いのだ、と。

怒りの言葉が自分自身に突き刺さってきて、「死にたい」と久々に思ったが、薬のおかげで朝方ようやく睡魔が訪れた。

眠ったら、いろんなことがなんとかなる。怒りも、悲しみも、薄れる。私は薬に感謝した。依存しているという人もいるだろう。けれど私はこれがないと眠れない、生きられない。眠れないことはあっても、強い薬に変えないことが、せめてもの抵抗だ。

いつまでこうして薬無しでは眠れない生活が続くのだろうとも、ふと考える。昔ほど仕事は忙しくはないけれど、それはそれで将来の不安が押し寄せてくる。当たり前に人ができる「眠り」が、私には難しい。

それでも私は必死で眠る。

死にたくなった夜に、死なないために、眠る。

私はおっぱいを愛せるか

ふと時間つぶしに入った商業施設で、薄手のVネックのセーターが安く売っていた。好きな色もあったので、購入した。帰宅して身に着けてみると襟ぐりが広く、かがみこむと胸の谷間が見えそうだったが、まあいいかと思った。

少し前、友人に「結構、胸が見えそうな服を着てるよね」と言われて、昔ならそんな服を絶対に選ばなかったことを思い出した。

小学校高学年の頃から、胸が膨らみはじめた。全体的に肉付きもよかったので当然の話だが、私は生理もクラスでは早いほうだった。

ある日、学校からの帰宅途中、近くに車が停まった。いつもは集団下校するのだが、なぜそのときはひとりだったのか、覚えていない。

車の中から男の人が顔を出して、「道がわからないんだけど、教えてくれないか」と頼んできた。私が方向を指し示すと、「車に乗って」と言われ、平和な田舎に育ち警戒心など持たない子どもだった私は男に従った。

助手席に座り、どれだけ走ったかはわからないが、家の近くに来たときに男は車を停め、**私**

の胸をさわり、「ありがとう。ごめんね」と言った。

私はそのまま帰宅し、知らない人の車に乗ったことも胸をさわられたことも親には告げなかった。自分が何をされたかをよくわかっていなかったので、傷ついたりもしなかったが、車に乗ってしまったうしろめたさがあったから、ずっと誰にもこの話はしなかった。

子どもである自分の乳房が、性的な対象であるなんて夢にも思わない私は、あまりにも無防備で無知だった。

今考えると、胸をさわられるだけで済んだとはいえ、一歩間違えるととんでもなく恐ろしい出来事だったのだということがわかる。

けれど、その後、私の乳房は性的なものとして見られることはなかった。

中学生、高校生、大学生と、大きめの乳房はときどき同性から揶揄されることはあったが、乳房どころか私自身が、男性からはずっと容姿を馬鹿にされ相手にされない存在だった。

あの頃、周りの男性はみんな華奢で少女のような女を「守ってあげたくなる」と好んでいて、どう転がってもそうはなれない私はセックスどころか、恋愛も縁がなく、一生、処女のままだろうなと思い込んでいた。

そのくせ男に好かれないのに男を求める自分への嫌悪感がすさまじく、自分が女であることが気持ち悪くてたまらなかった。化粧もせず、どんよりした色で大きめの服を着て、自分のことを「俺」と言って、女に見られまいとしていた。

若かったのだし、あの頃、それなりに可愛くなろう、綺麗になろうという努力をすれば人生はもっと明るい方向に進んだのだろうが、「ブスで太っているくせに着飾って」と嘲笑されるのが怖かった。

けれどどんなに女を捨てようとしても、**大きな乳房は女であることを忘れさせてくれない。**ブラジャーも当時は可愛くて安いものは小さいサイズしかなかったし、胸が大きいことで、いいことなどひとつもなかった。胸のことを言われるのは、太っている容姿を嘲笑される意味しかなかったから、傷つくだけだった。

二十代半ばで処女を捨てたけれど、男はそもそも私に興味はなく、金を引っ張りたかっただけなので、乳房にふれることもなかった。ふたりめの男には、「胸の大きい女は苦手」とまで言われた。

女であるのをやめたいのに、それをさせてくれない乳房は、邪魔なものでしかなかったし、ずっと胸元が見えない服ばかりを着ていた。

隠すことなく、胸元がすっきりとした服を着るようになったのは、三十半ばぐらいだ。はっきりしたきっかけは忘れてしまったけれど、AVをよく見るようになっていたからかもしれない。アダルトビデオの世界は、驚くほど多様で豊かな広い性嗜好が存在して、美しくほっそりした女性だけではなく、おばさんや太った女でも一部とはいえ需要がある。

さまざまな女性の裸やセックスを見ることで、私は自分の性欲や、胸が大きいことを受け入れられるようになっていた。

そして、タートルネックなどの胸元を隠す服だと、余計に胸が目だち太く見え逆効果なのだと、やっと気づく。

私はもう立派なおばさんだし、スタイルだって悪いし、美人でもない。

今でも「対象外」の女だし、取材等でネットに写真が出ると容姿への誹謗中傷もついてまわる。

けれどもう、私は私の大きな乳房を全く憎んでいないし、性的な目で見られることだって、勝手にさわったり、露骨な視線だけを注がれたりしなければ、全然かまわない。好きな男が自分の乳房を喜んでくれるなら嬉しいし、誇りにもなる。

昔は、女の恰好をするのを拒んではいたけれど、今は、化粧をして胸元の開いた服を着ることに躊躇しない。女なのだから、女じゃないふりをする必要はなかったのだ。

年を重ねてきた自信というほどのものではなく、今でも劣等感の塊だし、見苦しいと思われようが、若くないからこそ好きにさせてくれよと胸元を見せる。乳房を隠して押し込めるよりも、そのほうが身も心も楽なのだ。

そうして、やっと私は女性の大きな乳房を愛おしく思えるようになり、自分も救われた。

四十代最後の冬は記憶を抱えて

十一月になると、嫌でも思い出さずにはいられない。

もうすぐ、二年前に亡くなった友人の命日がやってくる。

家族を含め、人の死には何度も対峙してきたけれど、彼の死が特別なのは、亡くなったとき、私は怒りに震えていたからだ。

友人は五十代の若さで、酒で死んだ。飲んだら死ぬと言われていたのに、周りの人たちが必死で差し伸べている手を振り払って悪態をつき傷つけて、酒に飲まれて命が絶えた。

誰も、きれいにお別れなんか、できなかった。

多くの人に支持され、愛してくれる人もいたし、世の中に必要とされていたくせに、そんな人たちをすべて裏切って死を選んだことが許せないと思っていた。

別れ方というのは、重要だ。

たとえば恋人同士でも、罵って憎み合い別れるのと、双方が納得して別れるのとでは、その後のつきあい方が大きく違う。

彼の死に、自分の心が引き裂かれたように感じたのは、きれいな別れではなかったからだ。

けれど怒りの感情が少し収まった頃から湧き出たのは、「かわいそう」という言葉だった。そんな言葉を亡くなった人に対して使うことは、本来なら不適切かもしれないけれど、どうしても「かわいそう」という言葉が溢れてきた。

繊細であるがゆえに傷つき、心が弱いから自分を信じることができず、そんな自分を見透かされまいと傲慢な態度で人を威圧し、酒に溺れるしかなかった彼が、かわいそうでならなかった。

そう考える私こそが傲慢かもしれないともよく考える。けれど、やっぱりかわいそうで、たまらなかった。

去年の夏に、彼の自宅に行った。物を捨てるということをしなかった人の家には、主はもうこの世にいないのに、たくさんの生きていた痕跡があった。

どうして、死んだのだ。生きることもできたはずなのに。死んだら忘れられてしまうのに。それはあなたが一番嫌がることなのではないか、と思った。

私は彼に近い人から託された形見の品を受け取って、彼の人生の欠片《かけら》を手にして京都に戻った。

形見を受け取ったと母に話すと、「**あんた、忘れたらあかんで。**忘れてあげたら、かわいそうだから」と、言われた。

五十歳という年齢が目の前に見えてきた頃から、周りの人が亡くなるスピードが速くなった気がするのは、私自身が老いているから当然のことではある。先日も、私より若い、友人の妻が病気で亡くなった。きっとこれからどんどん、人がいなくなっていく。

そして自分だとて、いつ死ぬかわからない。

つい先日まで、「もういいかな」と、思っていた。もう、これ以上、生きてしんどい想いをしなくてもいいかな、と。

生きていくことそのものが苦行だ。生きていく限りは、つらいこと、悲しいことから、逃げられない。若い頃は、それでもなにくそと立ち直りもできたけれど、年を取ってからその気力も薄れてしまった。

仕事のことと、コロナ禍で、この数ヶ月は久しぶりに「死にたい」という言葉を口にしそうになったが、本気ではないのもわかっているし実行に移すこともできないのも知っていたから、誰にも言えなかった。それでもなんだかぼんやりと「もう、いいかな」と常に考えていた。

もう、役目は果たしたし、やりたいこともやったし、この先、生きていても、いいことないんじゃないかな、生きるのしんどいな、と。

しばらくずっと重苦しい気分で、目の前にある仕事と家事以外は、何もできず過ごしていた。気分の落ち込みは、自分ではどうにもならなかった。

そしてその度に、亡くなった人のことを考えていた。

生きたくても生きられなかった人たちがいるんだから、行動に移せないくせに死にたいなんて考えるなんてよくないと、罪悪感も湧いた。自分より大変な境遇の人たちがたくさんいるのに、何を逃げようとしているのか、と。

弱い自分を責めて、逃げ場を無くす私がときどき現れる。

その度に、私は亡くなった人に羨望をしていた。

死んでしまえば、生きる苦しみを味わわなくて済むね、なんて考えていた。

亡くなった人たちの分まで頑張って生きよう！　とは思わない。

未来に何も見えないのに、これからあと何十年か生きなければいけないのは、苦痛だった。

けれど今月になって、「死にたい」気持ちが消えた。

大きな出来事があったわけではなく、なんとなく今まで止まっていた幾つかの案件が動き出したり、出会いもあったりで、ガンガンと前向きになっているわけではないけれど、とりあえず「もう、いいや」とは思わなくなった。

どうせ死ぬ勇気もないのだから、生きていくしかないのだ。

多くのものを望まなければ、苦しまなくてすむかもしれない。それでも叶えられぬ欲深さで身もだえしてしまうけど、自分で自分の機嫌を取りながら、未来が見えなくても、目の前のことだけ考えていればいい。

子どもも産めない年になり、若くなくなったことで、私はずいぶんと自由になったはずだったが、だからこそ先が見えない。

自由の果てにあるものは、空虚さだった。

四十代、最後の冬をこれから過ごすけれど、まだ、もう少し、亡き人たちの記憶と共に生きていこうとは思っている。

ダメ男まみれの人生賛歌

数年前、友人の新聞記者と飲んでいるときのことだ。

「私ね、若い頃にダメ男に惚れて貢いで借金作って人生失敗してるじゃないですか。でも、たとえば私がこれからもっと稼いだら、ダメ男の二、三人養うぐらい、どうってことないと思うんですよね」

と、口にすると、

「……花房さん、そういうの、よくないですよ……」と、「この女、懲りてないのか」という視線を浴びた。

私自身も、今まで散々ダメ男と関わってひどい目にあい、人にも迷惑かけたはずなのに、そんなことを考えている自分に呆れた。

常日頃から考えているけれど、私がもし結婚をしていなかったら、今でもどこかのダメ男に熱を上げて、印税をつぎ込んでいる気がしてならない。

私のダメ男遍歴エピソードはあちこちに書いているので、それを読んで「私もです！」と、賛同して自らのダメ男好き話を披露してくれる女性も少なくないけれど、「理解できない」「信じられない」と、自分と違う生き物を見るかのような視線を投げかける女性もたくさんいる。

若い頃から、「男がお金を出してくれて当たり前」、自分にはそれぐらいの価値があって当然だと信じて生きてきた女性たちからしたら、散々貢がせた男が、うちに来る途中に自分が腹減ったのでマクドナルドのハンバーガーを購入し、ひとつそれをわけてくれて「優しい……」と喜んだり、バッタもんのブランドの札入れを男からもらって、「初めて男の人がプレゼントくれた……」と涙を流して感激していた私のような女は、呆れられるか同情されるかどっちかだ。

セックスは、男が自分を強く求めてくるから与えるものだと信じている女性に、セックスをしたくて男に言われるがままに消費者金融に足を運んでいた私は、頭がおかしい女扱いされるのも仕方がない。

過去を振り返ると、自分の価値を貶めるような恋愛、いや、恋愛とも言えない男への執着を繰り返してきたから、男と別れてからいい友だちになりました！　なんて経験もないけれど、「今までひどい目にばかりあってきたから、男なんていらない！」「もうダメ男にはひっかからない」と、私は断言できないのだ。

私の周りには、「ダメ男に貢いだ女」が、結構いる。貢ぐまでいかなくても、第三者からすると、どう見てもダメでしょ！　という男とつきあっている女も、少なくない。

そして私を含め、「ダメ男好き」の女に共通するのは、「堅実さ」「誠実さ」よりも、「おもしろさ」を男に求めている点だ。

何かしら人と違う、才能がある、もしくは才能があると勘違いさせる男は、社会性の一部や、人として当たり前に備わっているものが欠損しているダメ男率が高い。

何をもってダメとするか、ダメ男の定義は人それぞれで、許せるダメと、許せないダメがあるけれど、自分が許容できてしまうダメ男は、おもしろくて、一緒にいて楽しい。

ある程度の年齢以上になり、「ダメ男好き」を卒業できてない女は、私から見ると、仕事ができて、才能があり、容姿も悪くなく、人として魅力的な人が多いように思える。好奇心や探求心が旺盛で、行動力もある女は、危ない橋を渡ってしまいがちだ。そして、情が深いから、この男はダメだとわかってしまっても、離れられない。仕事ができて経済的に自立しているから、堅実な男に頼る必要がなくて、社会性のないダメ男に走ってしまうパターンもある。

そして、「**セックスがとてもいいダメ男にハマる女**」もいる。傍からみたら、だらしない女だと言われるだろうけれど、人生においてセックスの重要さの割合が大きい人間は、稼ぎや誠実さよりもセックスを優先させてしまう。

ダメ男好きだから、社会的に成功している女というのも存在する。

与謝野晶子なんか、夫が堅実に働いて稼いでいる人だったら、あれだけ多くの仕事をしていなかっただろう。他の女にも好意を抱き、それを隠さない男だったから、晶子は自身の激しい感情を作品にまで昇華できて後世に名前が残ったのだ。

それには全く及ばないが、私のデビューして二冊目の本『寂花の雫』の解説で、桜木紫乃さんが、私のダメ男体験にふれて、その男との経験が花房観音を作家にさせたのだというようなことを書いていて、否定できなかった。

私がダメ男遍歴を繰り返さなければ、今頃、「私の人生はつまらない」と、何者にもなれない平凡な自分を持て余し、テレビやネットに向かって、嫉妬交じりの正義感を動機にして、他人を揶揄することしか楽しみがなく年を取っていったかもしれないとは、たまに考える。


友人がダメ男とつきあったり、結婚しようとしたならば、ストップをかけたくもなるけれど、ダメ男の魅力の前には他人が何を言っても耳に入らないのも経験上、わかっている。

私は五十歳を目前にして、体力気力もないし、守るものもあるから、もう危ないことはしたくない。ダメ男とつきあうには労力が必要で、もうそれがない今は命を縮めるだけだとは思ってはいるが、それでもこれからどうなるかは、わからない。

ダメ男まみれの自分の人生を、二度と繰り返したくはないし、人にはすすめられないし、今でもたまに思い出すと自己嫌悪で落ち込むし、笑い話にするには重すぎるけれど、あと十年、二十年ぐらい生きていたら、「大変だったけどおもしろい人生だった」と、言えるぐらいにはなっていそうな気はしている。

ダメ男好き＝不幸、ではないのだ。

嫉妬を飼いならして

「君は、相当に嫉妬深いよ」と、十数年前、当時好きだった男に言われて、驚いた。

男は既婚者で、妻以外にも複数の女性と関係していて、私はそのうちのひとりだった。最初から、そういう人だと承知していた。

それ以前でも私は、他にパートナーのいる男とばかり関係していた。「あの人と別れて私だけの男になって」なんて、言ったことはなかった。自分には価値がない、女として最底辺だと思っていたから、私だけを愛してなんて望んではいけないと信じていた。たとえ、本命が別にいてのつまみ食いでも、関心を持ってくれるだけでありがたかった。それぐらい卑屈になっていた。

他の女に嫉妬する権利なんて、私にはない。最初から立ち位置が違うのだから。

好きな男に本命の恋人か妻がいるのは当たり前で、そういう関係を受け入れる自分は嫉妬心が薄いと思い込んでいた。

「私って、嫉妬深いのかも」と思ったのは、小説家デビューして、最初の本『花祀《まつ》り』と、三冊目の本『女の庭』を出したときだ。この二冊は、書評や感想などに、「女の嫉妬が描かれている」と、何度も書かれた。

私自身は「女の嫉妬を書こう！」なんて、全く意識していなかったので、意外だった。ただ、その際の「嫉妬が描かれている」というのは、非常に好意的なニュアンスばかりだったので、嬉しかった。

私の小説に嫉妬が描かれているのは、私自身が嫉妬深いからだということも、段々と自覚していった。

本当はそれまでも私はずっといろんな人に嫉妬をしていたのに、そういう自分の感情に卑屈さで蓋をしていたのだ。嫉妬深くない、寛容な女だと自分に言い聞かせていた。そうやって、強い感情を抑え込むことで生じる歪《ひずみ》で、ときどき相手が驚くほど爆発し攻撃的になり、関係を壊すことを何度も繰り返してきた。

自覚しようがしまいが、嫉妬は苦しい。

他人を羨むことで、自分のいたらなさを思い知るから、しんどい。

嫉妬の対象である他者と比べて「私はダメだ」と自分を責めてしまう。

他人の成功や才能を称賛できない自己嫌悪に押しつぶされそうになる。

インターネットの記事やSNSを見ることが日常的になると、見たくないものも目に入ってしまうのはしょっちゅうで、その度にこみ上げる嫉妬心と戦っている。

いろんなことがうまくいかず、劣等感に雁字搦めになっているときに、他人の成功や称賛されている姿を眺めていると、「どうして私はこんなに頑張っているのに駄目なんだ」とつらくなる。

私は容姿が醜く女として底辺だ、私の本は売れない、才能がない、私は好かれない、私は頭が悪い、要領よく生きられない。女としても、作家としても、ダメだ、クズだ、失格だと、私が私を責め続ける。

自分は自分、人は人と割り切れればいいけれど、それができない。どうしても、他人を羨んで、ときには妬《ねた》んでしまう。

五十歳を目前にした今でも、嫉妬心は消えない。

なぜ私はこんなにも嫉妬深いのか。


劣等感が強く、自己評価も低いといくつでも理由はあげられる。しかし、実のところ、それらはすべて、「自分はもっと称賛されていい存在だ」という膨れ上がった自尊心の裏返しなのもわかっている。

私は欲が深く、執着が強く、諦めるのが苦手だ。

死ぬまで、この嫉妬心を抱えて生きるのかと考えると、ゾッとする。

ただ、それでも昔よりは、嫉妬心を認められているだけましなのだ。

自分が嫉妬深いと、他人の嫉妬にも敏感になる。

SNSでもリアルでも、自身の嫉妬心を認めることができず、それを正義感に転換して人を攻撃している人が、たくさんいる。表面ではニコニコしていても、内心は嫉妬で焼き尽くされそうな人もいる。仲良いふりして、相手を憎んでいる人だっている。

嫉妬による嫌がらせを受けている人も、周りにたくさんいるけれど、嫉妬はされるよりも、するほうが苦しいのは、自分がそうだからよくわかっている。

嫉妬は前向きなエネルギーにもなる。「負けたくない」と、自分自身を向上させる一番の燃料だ。悔しさをばねにして、努力を重ねている人も、たくさん知っている。

嫉妬からは、たぶん死ぬまで逃れられない。どうせずっとつきあっていかないといけないのなら、飼いならすしかない。

なるべく、自分自身が傷つくようなものは、見ないように。

自尊心を痛めつけられるつきあいは、しないように。

恋愛においては、自分を傷つける男には、近づかないように。

そうやって、心を守っていても、生きている限りは嫉妬の感情とは、つきあい続けなければならない。苦しいけれど、無かったことにして傷ついた心を放置して心が壊れてしまうよりは、自分を慰め守ってやろう。

悔しくて悔しくて、自分を責める夜は、ひとりで泣き続け、眠る。

人とお酒を飲んで吐き出すなんて、絶対にできない。口にしてしまうと、もっと落ち込むのはわかっている。自分だけの世界で、泣き続け眠り、やり過ごす。それが今の私の嫉妬とのつきあい方だ。

私が嫉妬心を失うときは、何もかも諦めることができたときなのだろうけれど、今のところ、そんな日が来るとは、想像もつかない。

せめて私を苦しめる「嫉妬」を冷静に眺めて、物語の中で嫉妬の炎を燃やし続けよう。

アレの形とか存在についてのアレやこれや

先週、このコラムの担当女性編集者とのメールで、なぜか「女性器」についての話題になり、何度かやり取りしたあとで、彼女が、しみじみと「女性器って、深いですね」とメールに書いていた。

そういえば、女性器について真剣に人と話すことは、普段ない。

ちなみに、私がそれを口にするときは、「まんこ」だったり、女性器だったり、いろいろだ。まんこ、関西ではおめこ、「お」をつけて「おまんこ」と呼ぶこともある。先日読んでいた、ある女性犯罪者の自伝では、「ヴァギナ」と呼ばれていたが、さすがにそれは使ったことがない。

私の女性器は、もうすぐ生理も終え、子どもを産むこともなく、ただセックスのときに使う穴として存在するようになるが、それもいつまでできるかわからない。

身体の中で、一番、「見せてはいけないもの」として存在する、女性器。

隠すように生える陰毛に縁どられている、女性器。

婦人科で子宮癌の検査をした際に、中に器具を入れられて、「どうしてここはそんなにいやらしいものとされているのだろう」と考えてしまった女性器。

今でこそ、インターネットで簡単に見られるけれど、昔はお寺の秘仏以上に神秘的な存在だった、女性器。

ブラジリアン・ワックスをしたときに、男よりも女に晒すほうが恥ずかしいかもしれないと思った、女性器。

若い頃は、自分に女性器があること自体が、コンプレックスだった。**こんなグロテスクなもの、しかも毛が生えていて、美しさとは真逆に思えた。**大人になって、セックスをする機会が訪れても、絶対に電気はつけないで欲しいと考えていた。

かつての私のように、自分の性器は汚い、グロい、見せたくないと思っている女性は、わりと多い。そしてインターネットで検索して、他の女性の性器の写真を見て、「私のはこれよりずっと汚いし黒い」と、悩んでいる人もいる。

ときを経て、経験を積み、見たり見られたりしながら女性器とつきあい続けてきた。

近年、AVの撮影現場に行ったり、女の人が裸になる場所に出入りしたり、レズ風俗を利用することにより、生の女性器を見る機会が、何度かあった。

最初は、動揺した。女性器がそこにあることもだが、それを私が見ているという状況に。

そもそも、女性器って、セックスする相手にしか見せたらダメなものとされている。いやらしい、淫靡《いんび》で、猥褻《わいせつ》だから、AVやエロ本だとモザイクがかかっている。それを見ちゃっていいのだろうかと、罪悪感もあった。

けれど、見慣れると、平気になった。「身体の一部なんだな」と、そんなにいやらしいものではない気もしていた。

そのうち、**「女性器って、可愛いかも」**と、思うようになった。

少なくとも、ペニスよりは女性器のほうが、可愛い。

というか、ペニスに関しては、好きな男の以外は見たくもないし、興味もないし、愛おしくもない。好きな男のペニスだから、好きなだけだ。酔って脱ぐ男とか見ると、気分が悪いので本当にやめて欲しい。SNSで写真を送り付けてくるのも不快だ。

そして女性器って、そんなにグロテスクじゃないかもしれない。黒いのや、ビラビラが大きいのもあるけれど、それが淫靡だと好む男は結構いるし、私から見ても嫌ではない。これこそ、ただの個性で、優劣はない。

日本各地に、女性器を祭神として祀っている神社等があり、女性器の形のお守りも売っていて、私も持ち歩いている。

女性器は、本来、崇《あが》め祀られるような尊いものだったのだ。

何しろ、子どもを産むところなのだから、生命の源だ。

それなのに、どうして「汚い」なんて思っていたのだろう。

女の人の中には、どこまで本当かわからないけれど、自分の性器を見たことがない、さわったことがないという人もいる。それが私には、よくわからない。

自分の身体の一部に興味を持たないほうが、不思議だ。

あと、さわったことない人は、ちゃんと洗っているのか疑問だ。結構入り組んだ構造をしているので、鏡で確認したり、清潔にするように心がけたほうがいい。

そして大きな声で訴えたいのは、女性とセックスしたときに、男性は絶対に「グロい」と、言ってはいけない。

女の身体の一部を貶さないで欲しい。

男の人にそう言われて傷ついてセックスそのものが苦手になった女性は、結構いる。傷つくのが怖いからと、男の人が苦手になった人も。

セックスは、自分の身体の、他の人の目にふれさせない部分を見せることを許す行為だ。許し合う関係だからこそ、「思ったことをそのまま口に出す」のではなく、お互い気遣いが必要だ。

女性器のことに限らず、セックスの最中や前後に言われたことは、結構深い傷になり、いつまでも覚えていたりする。

終わったあとで、関係している別の女の話をされたりとか！

女性器は快楽の芯であり、私たちが生まれてきた場所だ。

自分の肉体の一部を「汚い」とか「グロい」なんて、思うべきじゃない。

女性器を、愛して、大事にして、可愛がって欲しい。

女性器って、可愛い！　と、これからも言い続けたい。

＊追記

シュガーリング脱毛を体験して、久々につるんつるんにした自分の性器を見た。

昔は、グロい！　醜い！　と泣きたいほど嫌だったけれど、今は全くそんなふうに思わなかった。

私自身が、いい意味で内面が変化したから、そう捉えることができるようになったのだろう。

四十代最後の年が終わろうとしている

コロナ禍の中、今年ほど年賀状を書きにくい年はない。あけましておめでとう！　って言われても、元旦だとておめでたい気分になれない人は、多いだろう。

京都も感染者が増えてきた。私の実家のある市は、まだ感染者がひとりしか出ていないのもあり、帰省を諦めた。久々に正月はずっと京都で過ごすが、初詣も人混みを避けて元旦には行かないつもりだ。

年が明けて春が来る頃、私は五十歳になる。

一年前は、まさか四十代最後の年が、こんなことになるとは思ってもみなかった。この連載もあることだし、今年は、いろいろチャレンジしてみようかな♡　なんて、ちょっと考えていた。女性用風俗とか、出会い系アプリとか、そんな性的な冒険でもしようかとか思っていたら、コロナで知り合いとすら会えない状況だ。

ひたすら引きこもって人と会わないまま、四十代が終わってしまう。

四十代が終わることに関して、あまりしみじみとした感慨がないのは、それどころじゃないからだ。世の中がこれだけ大変なことになっているので、私の年齢なんか本当にどうでもいい。

思えば、三十代が終わり、四十代になったときも、私はいろいろそれどころじゃなかった。三十代最後の年は、後がないからと小説の新人賞に応募しまくって、団鬼六賞にひっかかって受賞した。それと同時に知り合った男と結婚決めて半年後に婚姻届を出したり、初めての本の出版も決まったが、小説家になった！　本を出せる！　わーい！　と喜べる状態でなくなったのは、東日本大震災が起こったからだ。怒濤《どとう》の年で、「もう三十代が終わっちゃう！」なんて、悲しむどころじゃなかった。

もうひとつ遡《さかのぼ》ると、二十代が終わり、三十代になる頃は、私は消費者金融への借金の返済に追われ、金を返さない男とも揉めていて、やっぱりそれどころじゃなかった。本来なら、大きな節目のはずなのだが、自分には未来もないし、結婚も出産も考えられない状況で、当時のことはほとんど記憶にない。

私はどうも、節目の年はいつも「それどころじゃない」ので、「バイバイ、四十代」とか言って、**おしゃれなバーで自分の年齢に乾杯して、その写真を加工して、ハッシュタグつけまくり、SNSに上げて「いいね！」を稼ぐ気力もない**。年齢の節目に人を集めて誕生パーティなどをすることも、絶対にない。

それでも近年、自分の誕生日には、ひとり旅をしてお祝い気分でいたのだが、今年はコロナ禍でそれもできなかった。

それにしても、五十代だ。

若い頃は、そんな年齢に自分がなることが想像つかなかったし、自分を含めて周りの五十代も、わりと楽しくやっているのは予想外だった。

年を取ると、楽になる。それまでこだわってきたものが、だいぶどうでもよくなる。

特に女は「若い女」でなくなることで、解放もされるだろう。

とはいえ、やはり疲れやすくなるし、身体のどこかが痛かったり、欲望に身体がついていかなくなったりと、しんどいことは多いので、この点に関しては若い人が羨ましい。

冷たいものや油ものがあまり食べられなくなったし、身体を締めつける服がダメになった。

先日、昔のコートをほとんど捨ててしまったのは、重いコートが無理になってしまったからだ。ヒールのある靴は、人前に出るときしか履けない。雪国育ちだから冬には強いつもりだったのに、ここ数年ですっかり寒さに弱くなり、夜に出かけられなくなった。だからといって、夏の暑さに強いわけではなく、要するに体力がないのだ。

仕事においても、とにかく目が疲れやすく、集中力もなくなり、昔ほどたくさん書けなくなった。シミは増えるし、肌はたるむし、白髪は増えるし、しっかり老化はすすんでいる。

生理はピルをやめてから毎月は来るけれど、二日ほどで終わるようになった。楽っちゃあ楽だが、こうなったら、とっとと閉経して欲しい。閉経というのは、最後の生理が来てから一年が経つと診断されるらしいので、まだまだ先だが、ゴールは見えてきた。

五十歳まで、あと三ヶ月。

コロナ禍は収まる気配はないので、家に籠って仕事をしているうちに迎えることになるだろう。

今年に入り、自分も周りの人も「死」が近づいてきたというのを痛感している。五十代からは、「死」の準備をしていかなければと思っている。私は子どもがいないので、誰かに遺すものもない代わりに、面倒を見るのも自分自身でなんとかしないといけない。

若い頃のように無理をすると、心身共に疲弊するのはこの数年でよくわかったから、とにかく元気でいたい。身体の健康のためには、心も健康でいなければならない。身体と心はつながっているというのは、良くも悪くも昔より実感している。

心が健康であるためには、嫌なつきあいはなるべくしない、楽しいことを見つける、単純だけど、重要なことだ。

自分が幸せでないと、他人を幸せにしたり、救うことなどできない。

だから私は私の幸せのために快楽を求め、しがみつく。

四十代最後の年は、コロナ禍で身動きがとれないまま、いろんなことを諦めて終わろうとしている。

五十代はとにかく「生きのびる」だけで精一杯になるかもしれない。

ただ生きるだけでも、大変な世の中だ。

女性誌などでは、「輝いている素敵な五十代」の綺麗な人とか出てくるけど、別に輝かなくても素敵じゃなくても、生きてるだけで十分だと思う。

とりあえず、来年は今年よりは少しだけでもましな年になりますように。

三の巻

無限物語

お酒とも人ともほどよい距離感で

お酒を飲まなくなった。

昨年は、人と会っていないのもあるけれど、数回しか酒を口にしていない。もともと飲まないのかというと、全くそんなことはない。

大学に入り、実家を離れてからは、機会あれば酒を飲んでいた。ビールもワインも洋酒も何でもありだったし、一杯じゃ済まなかったのは、酔うために飲んでいたからだ。

実際のところ、若い頃にお酒を美味しいと思ったことは一度もない。ただ酔うために飲んでいた。なんでそんな酔いたかったのか。酩酊《めいてい》すると解放された気になっていたし、酒を飲んで酔っている自分が好きだったのだ。

二十代半ばは、家にウォッカやジンを置いて、ストレートで飲んでいた。酔うためにはアルコール度数の高い酒のほうが手っ取り早い、ただそれだけの理由だ。

その頃の酒は、現実逃避が目的だった。膨らんだ自意識を持て余し、未来も見えず、大学も中退し、モテなすぎてクズ男と初体験し借金を抱えた最悪の時代に、一瞬だけでも現実から目を背けるために酔っていた。

毎日飲んではいたが、やはり美味しいとは思わなかった。飲むのは苦痛でさえあったし、今思うと自傷行為のような飲み方だった。

酒での一番大きな失敗は、クズ男と一度離れて、けれど寂しくて酔って電話をしてヨリを戻したことだろう。しかもその電話を録音されて、あとあと「金を返してくれ」と頼むと、親にこのテープを送り付けるぞと脅される材料になった。

三十代前半は、実家に帰って車生活をしていたから酒を飲むこともほとんどなかった。そして京都に戻ってひとり暮らしを再開したが、昔ほどは飲まなくなっていた。

少ない収入の中から酒代を出すのが馬鹿らしくなってもいたし、毎日それなりに仕事に追われて、現実逃避のために酔う必要もなくなった。

バスガイド時代は、京都駅で仕事を終えて、同僚と一杯飲むビールは美味かった。家で飲むことは滅多にしなかったけれど、外では飲んだ。

人に迷惑をかけるような酔い方は、ときどきやった。だいたいそれは、男関係のトラブルを抱えていたときだ。思い出してもゾッとするような酔い方だって何度かやった。男と揉めたあとに落ち込むと、酒に逃げるしかなかったが、やっぱりそんなときの酒は美味しくはない。自己嫌悪に陥るだけだった。

四十代半ばからは、人に迷惑をかけるような飲み方に反省もして、何よりも二日酔いに身体がついていかなくなった。

翌日、もう何もできなくなるし、しんどい。仕事に支障がでるのが嫌だし、夜もだいたい仕事をしているので、自然に酒は遠のいた。

誰かと一緒の酒の席で少し飲む程度だ。

身体がついていかなくなったのは老化かもしれないけれど、いいことなのだと思う。昔のような飲み方をしていたら、怪我や、取り返しのつかないことをやってそうだ。

二年前、友人が酒で死んだ。身近な人間がそうなってはじめて、アルコール依存症の恐ろしさと、周りの人間の苦しみを目の当たりにして、酒の恐ろしさを痛感し、酒は絶とうと考えた。

もう楽しくお酒は飲めないと思った。

人を苦しめ殺す酒なんて飲めない、と、酒を憎んだ。

「酒の席での無礼講」という言葉が、嫌いだ。バスガイドや添乗員という仕事柄、酔っ払い客に、何度も不快な目にあった。セクハラなんて、当たり前にされたし、怒ると「酒の席だから許せ」と言われるので、我慢するしかなかった。

性暴力の事件の報道を見ると、たいてい加害者は「酔ったから覚えていない」と口にする。飲酒を規制すれば、性暴力に限らずの暴力事件は減るはずなのに、誰も酒が悪いとは言わないのが不思議だ。

この数年で、不特定多数の人が集まる飲み会は、すっかり苦手になった。「酔っているから」

「酒の席だから」なのか、私の本を読んだこともなく、よく知らない人たちに話のタネにされて囃し立てられるのも不快だし、議論をふっかけられるのも鬱陶しい。楽しめない。

きっと私がもっと飲んで昔のように酔えたなら違うのだろうけれど、もうそれはできない。正体を無くすような飲み方をしたら、自分が何を言い出すかわからないから、恐ろしい。

今の私は酔うのが怖い。本心を晒したり、素の自分を出したくない。人前で、酔うなんて、とんでもない。

けれど、だからこそなのか、心許せる人たちとの酒の席は、大切だ。それは去年、コロナ禍で人と会えなくなって痛感した。

だから結局、お酒はほとんど飲まないけれど、やめてはいない。もう今は、洋酒はダメになってしまったし、焼酎も苦手で、日本酒はすぐに酔ってしまうので、ビールかワインぐらいしか口にしないけれど。

たくさんは飲めない。身体がついていかない。でも、それでいい。

酒とはほどよいつきあいでいいのだ。適度な距離をとり、ときどき楽しむようなつきあいで。人間関係と同じだ。

そうすれば、酒を嫌いにならずに、憎まずにも済む。

酔って人に迷惑をかけたり、後悔して、自己嫌悪に陥ることもない。

もう若くないからこそ、美味しく楽しい酒だけを、ときどき飲みたい。

安物の女にするのはいつも自分

年末に、ムーンストーンを天使が囲んでいるデザインのアンティークのペンダントを買った。

数年前、寺町通にあるお店で、前を通った際にガラス越しに陳列してあるアクセサリーが気になって足を踏みいれたのが、アンティークのアクセサリーを買うきっかけだった。

それまで私はだいたい、アクセサリーは手作り市などで購入していた。奇抜なものや、大きめのものが好きだった。

けれどここ数年、そういったアクセサリーをつけられなくなってしまった。何かきっかけがあったわけではないが、年を取って、なんとなく重くなったのだろうか。五十歳を前にして、昔好んで身に着けていた服をだいぶ捨てたのと同じで、それまで平気だったものが、急にダメになった。

おばさんだからシンプルに！　と、思ったわけではない。

本当に、なんとなく、好みが変わっていったのだ。

アンティークのアクセサリーは、装飾品に金をかける習慣がない私にとっては、安くない買い物だったが、一年に一度か二度ぐらいなら、自分へのご褒美として形にしてもいいんじゃないかと思って、ときどき買っている。

私が若かった頃は、やたらと「彼氏にティファニーをプレゼントされる」というのが流行っていた気がするが、もちろんそんな経験はない。若い頃、まともな恋愛などしたこともなく、借金に追われた生活だったので、千円以内のアクセサリーしか買ったことはなかったし、ましてや男にプレゼントなど、されたことがなかった。

アクセサリーを初めて買ってもらったのは、三十九歳の終わり、結婚指輪だ。

ただ私は普段から指輪はしないし、無くすのが怖くて、大事にとってあるままだ。

若い頃は、「彼氏に高級なアクセサリーを買ってもらう」同世代の女性たちを羨んでいたけれど、じゃあだからといって、今、男に高級なアクセサリーを買って欲しいわけではない。

そもそも、ブランドや宝石に執着は全くといっていいほどない。自分が手に入れることのできない男からの愛と称賛の形が欲しかったに過ぎない。

昔より、今のほうが「安くて可愛いもの」が手に入りやすくなり、最近の若い人たちは、そんなに高級品を身に着けることをステイタスにしているようには見えない。

アクセサリーそのものは、昔から好きだった。アクセサリーなら、服ほど人を選ばない。服は似合うものと似合わないものが、はっきりしている。

服は、可愛いもの、素敵だと思うものを購入すると、似合わなさに落ち込むだけだった。女の恰好をすること自体が、女失格の私には許されないのだと、男物ばかりを身に着けていた時期も若い頃にはあった。

服は容姿の劣等感の落ち込みに、ときどき拍車をかける。

美しい人、可愛い人との「差」を露わにしてしまう。

いいなと思っても、絶対に似合わないから着られない服が、この世には溢れている。思いきって買ってみたはいいが、結局身に着けないまま捨てた服は何着もある。「ブスがおしゃれしている、似合わないのに」と笑われることも怖かった。

けれど、アクセサリーなら、そこまで格差は作らない。

「**似合わないよ**」と、笑われることも、服ほどはない。

だから私は、アクセサリーが好きで、安いものばかりだけど、よく購入していた。それが着飾ることができない私の、ささやかな楽しみだったからだ。

近年、アンティークのアクセサリーを買い出してわかったことがある。

安いものばかり使い捨ての感覚で購入している頃は、雑に扱ってしまっていた。アクセサリーは好きだったけれど、大事にはしていなかった。

安いものを雑に扱ってしまうことで、私は自分自身がそうだというのにも気づいてしまった。安ものの女だから、自分自身を雑に扱い、他人にも雑に扱われるのだと。そして自分を「安もの」にしているのは、自身の卑屈さなのだ。

本当は安くないアクセサリーを身に着けるのは、怖くもあった。

自分自身が「安い」、価値がない女だから、不相応だと思っていた。

そうやって、自分自身を貶め卑屈になることは、癖のようなもので、今だって直ってはいないけれど、だからこそ、できる範囲で、自分が好きなものを身に着けたいと、今は考えている。

外出機会が減ることにより、装飾品を身に着ける機会そのものも減ったから、やたらと安いものを買いあさるということは、しなくなった。

特に昨年は、コロナ禍で、外に出ないし、人前にも出ないし、人と会う機会も少なかった。人と会うといっても、仕事の打ち合わせぐらいだ。マスクをつけることが当たり前になってから、ピアスをつける回数も減った。

きっと今年もそうなるだろうとは思ったけれど、でも、だからこそ、たまに誰かと会うときのために、誰かと会わなくても外に出るときのために、私は今年の冬も寺町のアンティークショップに立ち寄り、「綺麗だ」と思ったムーンストーンのペンダントを買った。

まだまだ生きているのを怖がる自分の心に、少しばかりの勇気を与えるために。

当たり前だけれどお金がないと人は死ぬ

私はお金が好きだ。

お金が欲しい。

稼いだり増やす才覚はないけれど、お金があると嬉しい。

出版社から印税や原稿料の振り込みの知らせが来ると、その日はわりと機嫌がいい。

「お金より大事なものがあるんだ」と、熱く言われると、そりゃそうかもしれないけどねと頷《うなず》きながらも、内心でもやもやしている。

お金に執着がない、なければないで幸せに暮らしていける！　という人に対して、すごいねーとは思うけれど、でもそれ「ない」のレベルが高いんじゃないの？　と疑問を抱く。

数年前、怪談文芸誌の鼎談《ていだん》で、「一番怖いものは？」と問われて、怪談文芸誌なのに、「貧乏」と即答してしまった。幽霊より貧乏のほうが私は恐怖だ。

私は貧乏が怖い。**お金がなくなることを考えると、血の気が引く。**

お金がないのは地獄だ。

大学を中退して社会人になってすぐに、私は消費者金融三社から借金をした。初体験の相手だった男のためだ。そしてそのあとも、男に要求されるままに金を借り続け、財布の中のカードは増えていった。男は返すと約束したはずなのに、そんな様子は見せない。私も男と離れるのが嫌で、お金を渡し続けた。すぐに借金は膨れ上がり利息が付き、毎月月末になると仕事の給与はすべて消えていく。それでも借金は全く減らない。

消費者金融から電話がかかってくるので会社を辞めざるをえなくなった。財布の中にはいつもあれば三千円、小銭しかないこともよくある。電気、ガスはしょっちゅう止められて、冬場は布団の中で震えていた。喫茶店だって、行くお金がない。電車代がないから、どこに行くにも自転車か徒歩で、タクシーなんて貴族の乗り物だった。

人づきあいするにはお金がかかるし、みんなが当たり前のように使う安い居酒屋でも私は行けないから、友だちとも距離を置くしかなかった。旅行だって、ライブやイベントだってすべて諦めるしかない。

周りの人にも相談できなかった。誰かのための借金を返済した話は美談になるけれど、私の借金は、すべて自業自得で、誰のせいにもできない、みんな私が悪いのだ。男にお金を渡し、そんなふうでしか男をつなぎとめられない私は、生きている資格なんてないと自分を責めた。

お金がないと、何もできない。

そして心がすさむ。お金がある人、恵まれた環境にある人を羨んで、その度に自分を責める。

欲しいものは買えない、どこにも行けない。

何をするにもお金がかかる。

私はあの頃は、世の中を呪っていた。どうして自分だけが、こんな地獄にいるのだろうと思って、世界なんて滅んでしまえと思っていた。

自分も世の中も、殺したかった。

不幸な境遇故に世界を恨み「誰でもいいから」という動機で起こる犯罪のニュースを見る度に、かつての私のようだと戦慄《せんりつ》する。

あの憎しみに、あの怒りに、あの悲しみには、覚えがある。

お金のために、人に言えないこと、恥ずかしいこと、悪いことだってやった。なりふりかまっていられなかった。そんな自分を醜いとまた自己嫌悪に陥り殺したくなる。

お金に困ったことのない人が、羨ましくてたまらなかった。

それが私の二十代だった。


今は小説家になってとりあえず仕事もあり、暮らしていけている。お金持ちではないが、昔のことを考えたら不自由はない生活だ。

けれど、仕事なんていつなくなるかわからない。不安定で、ほとんど収入のない時期だってあるし、常に不安に苛まれている。

そして、年をとって身体のあちこちが老化し、しんどくなるにつれ、「お金がなくなる不安」は、大きくなった。昔、とことん貧乏だったけれど生きていけたのは、若くて身体が元気だったからだ。

年をとると、若い頃より貧乏がきつい。昔のように電気やガスをしょっちゅう止められるような生活には戻りたくない。仕事だって、やれることは限られてくる。もし、私がこれから小説の仕事を失っても、年齢的にも体力的にも新しいことをやるのは難しいだろう。昔のようには働けない。

病気のことを考えても、お金がないと不安だ。手術や治療費など、現実的な問題が迫ってくる。もうこの年齢で、いつまでも健康で働けるものではないのもわかっている。そうなると、どうしたらいいのか。

お金がないと、人も救えない。親しい人たちが困っているのを見て、何もできないのは歯がゆい。コロナ禍で、好きなお店や知人関係のクラウドファンディングの支援や寄付などを幾つかしているけれど、それは私に少しだけ余裕があるからだ。

自分が食うに困る生活なら、できない。お金があれば大事な人を助けられる。今だって、助けたい人が何人かいる。

ずっとお金のことに振り回されて生きている。だからお金のことを考えずにはいられない。

お金があれば解決することが、世の中にはたくさんあって、だからお金と幸福は切り離して考えられない。お金がないと、人は死ぬ。

私があまり仕事を断らず、締め切りも破らないのは、仕事を失って収入を絶たれるのが怖いからだ。一時期、もっとたくさん仕事を引き受けていたとき、「どうしてそこまで仕事するの？」と聞かれたけれど、不安だったのだ。

二十代の頃の、借金を背負い返済に追われ、「死ぬしかない」と毎日思っていた日々の恐怖と絶望が、いつまでたっても離れない。

けれどそれが、私の生きる動力でもある。

「お金がなくても、しあわせ」なんて、私には言えない。

絶対に。

「更年期かよ」と言う人たちへ

少し古い話だが、二年前の「M－1グランプリ」で、審査員の上沼恵美子に対して、審査に不満を持った漫才師たちが打ち上げで「更年期障害」という言葉を使い、それが中継されていたので炎上した。当時、上沼さんは還暦を過ぎているので、更年期ではないのに、知識もなく更年期障害を侮蔑の言葉として使ったことを含めて、女性蔑視だと批判された。

私もこのニュースを見て、「それを言っちゃおしまいだ」と憤りもした。女性が何かを批判したり怒ると、**「更年期」のせいにされてしまう**、つまりは正当な批判や怒りだと受け止められないのかと。そして更年期障害で苦しんでいる人たちからしたら、許せない発言だっただろう。

けれど、正直に言って、私自身も過去に、自分より年上の女性から、身に覚えのない激しい怒りをぶつけられた際に、口にはしないけれど、「この人、更年期なのかな」と思ったことは何度かあった。小説家になってからも、一度、パーティで会って挨拶しただけの女性作家に、ひどく嫌われSNSで執拗《しつよう》に批判を繰り返されているのを知り、「更年期？」と疑った。そこまで嫌われる心当たりも無かったし、彼女が更年期障害がしんどいと書いているのも知っていたので、相手の年齢的な精神不調のせいだと、自分を納得させようとしていた。

昔の漫画等では、「オールドミス」の女性は、吊り上がった眼鏡とひっ詰め髪で、やたらとガミガミがなりたてるキャラクターとして描かれている。きっとこれも「若くない女は、怒りっぽい」というのが、一般的なイメージだったのだ。

上沼さんが更年期障害と言われたニュースが、ずっとひっかかっているのは、もしかしたら、私のこともそう思っている人はいるだろうなと、考えているからだ。

近年、知り合いで、失礼なこと、不快なことを「悪気なく」言ってくる人に対しては、なるべくちゃんと「不快である」と、どうしてそれが不快なのかというのも伝えるようにしている。そうしないと、繰り返されるからだ。「悪気がない」人たちは、「親しみをこめて」「からかってるだけ」のつもりで失礼なことを言ってくるので、「不快だ、やめて」と伝えない限り、嫌な思いをし続けてしまう。それを伝えることにより、仕事を失ったこともあるが、後悔はしていない。

もともと私は怒りの感情が強い人間だが、人に嫌われたり人間関係を壊すのはめんどうなので、なるべく抑え込もうとしてきた。けれど、結局、怒りを流すことはできず、ただただ積もっていき、あるとき爆発してしまう。

爆発されたほうは、驚く。「いきなりキレた」と受け止められる。本当はずっと怒っていたのに、私がそれを口にしなかったからだ。

私は自信がなかったのだ。人間関係を築く自信も、人に好かれる自信も、社会と折り合う自信もない。だからはっきりと自分の考えを口にできず、嫌だと思っても我慢する癖がついていた。四十歳を過ぎて小説家の仕事をして本も出せるようになり、フリーランスで働く上で、「嫌なことは嫌」と言わないとやっていけない状況になった。自分で意思表示をしないと、どんどんとつけこまれ便利に使われるが、誰もそのあと責任なんてとってくれない。

幾つかの失敗と反省を繰り返し、たとえ嫌われたり、めんどくさいやつだと思われても、仕事でもプライベートでも、嫌なものは嫌と昔よりはだいぶ言えるようになった。

SNSなどで、全く知らない人に不快なことを言われたりする場合は、相手がどんな人かわからないし、逆恨みして粘着され誹謗中傷されたりもするので、ほぼスルーしている。

けれど実際の知り合いに対しては、たとえば容姿をいじるとか、私の仕事に関して必要以上に囃し立てる人たちとか、その場は雰囲気を壊したくないから黙ってはいても、あとで「不快だ」ということと、「なぜ不快なのか」というのは、できるだけ丁寧に説明するようにはしていた。

ただ、私が「なぜ不快なのか」と伝えても、理解されていないなと感じることは何度もあった。向こうからしたら、やはり「急にキレられた」としかとらえられないのだろうな、と。だいたい、丁寧に「注意」をしても、SNSを向こうからブロックされる。

そしてもしかしたら「更年期障害なのかな」と、年齢のせいにされているんじゃないかと内心気になっている。私に直接伝えはしないだろうが、「更年期障害で怒りっぽくなってて、キしられたよ」と、周りに言われているんじゃないだろうか。

私自身も、自分より年上の女性に対して怒りをぶつけられた際に、そう思っていたからこそ、考えてしまう。

そして実際のところ、私の怒りは、自分自身では冷静なつもりでも、他人から見れば違うかもしれないいし、「更年期のせい」ではないと、言い切れない。若い頃、生理前、生理中の不調で、身近な人に怒りをぶつけてしまったことが何度かあるからだ。

長年、女性ホルモンに心身ともに振り回されてきたし、現在もこれからも、他人にぶつけることが無いとは、断言はできない。

なるべく私の「怒り」を説明するときは、感情的にならず、冷静に、言葉を尽くそうとはしている。

それが正しく伝わらず、年齢のせいだと思われるのは悔しくもあるけれど、それでも私は昔のように怒りを抑えて爆発させるよりは、**相手に「やめて」と言い続ける**。

更年期だからこそ、平穏に暮らしたいので、自分の心を守るためにそうするのだ。

わかってもらえないかもしれないいし、「更年期だ」で済まされるかもしれないけれど、そもそも他人に理解を期待などできないのだと承知しながら、傷を負わぬように言葉を使おう。

ひとりラブホもいいじゃないか

昨年から今年にかけて、あちこち行きにくくなったので、それなりにストレスも溜まる。私の一番のストレス解消は、旅行だ。

ならばと、京都市内や大阪の近場、日帰りできる距離だけど、何度かホテルに泊まった。ただ泊まるだけでも、結構楽しい。普段は高くて手が届かないようなホテルも、今なら安く利用できる。できるだけ大浴場のあるホテルを選んで、温泉気分を味わった。交通費もたいしてかからないし、息抜きに最適だ。

先日は京都市内の新しいホテルに格安で泊まったが、お風呂もよかったし、朝食も美味しく、最高だった。

もう少し、こういう状況が続くならば、久々に、「ひとりラブホ」しようかなとも考えている。

「私、ラブホテルって行ったことないの」という人に遭遇すると、少しばかり胸が痛む。

私はある時期まで、ラブホテル以外で男と会ったことがなかった。それは、つまり「家には入れてもらえない」関係だったからだ。私の自宅に男が来るようになっても、私は相手の家には行けない。愛人のような立場だったし、実際にそうだったときもある。

ラブホテルに行ったことがない人は、最初からお互いの家を行き来できる、つまり堂々と人に言えて、家族にも紹介できる関係なんだろうなと考えていた。そんなつきあいを長い間、私はしたことがなかったから、うらやましかった。

私にとってラブホテルは、日の当たるところに出られる関係を持てない劣等感がまとわりつく、うしろめたい場所でもあった。

しかし、うらやみながらも、「ラブホ利用しないのって、もったいないな」とも思っていた。**ラブホは、楽しい**。部屋に入ると、思いがけない遊びに遭遇して、わくわくする。ビリヤードやスロット、オートテニスがついていたり、メリーゴーランドがあったり。友人は、初体験で入ったラブホにプールがついていて、「せっかくだから泳いだよ」と、言っていた。カラオケはあるし、大きなマッサージ機がときどき置いてある。モニターは大きな画面で、映画なども楽しめる。

何よりお風呂が広くて、ジェットバスがついているところも多い。アメニティも充実しているし、以前、何度か使った姫路のラブホは無料の豚汁とおにぎりが美味しかった。

入ったことがないけれど、「ケーキバイキングついてます！」と掲げたラブホの前を通ったこともある。

街中のラブホはシンプルなデザインのものが多いけれど、地方に行けば遊び心のあるラブホが残っている。

ラブホは大人が楽しめる、エンターテイメントな空間だ。

女友だちと大阪でふたりで飲んでいて終電を逃し、「どうせなら広いベッドで」と、ふたりでラブホに泊まったり、女四人でラブホ女子会もしたことがある。

女同士だけではなく、「おひとり様OK」のラブホも多い。

数年前に、ラブホテルを舞台にした小説を書いたとき、「ひとりラブホにチャレンジしよう」と、京都市内のラブホに予約して泊まってみたら、かなり快適だった。

ラブホテルは非日常の空間で、息抜きにぴったりだ。

東京に仕事で行く際も、一泊だけのときなら、何度かひとりラブホをした。コロナ禍までは、東京や京都のビジネスホテルはそこそこ値段が高かったので、同じような料金なら、狭い風呂につかるよりは、ゆったりとラブホで心身ともに癒されるのもいい。


何より、**私はセックスの空間が好きなのだ。**

人が衣類と共に社会性を脱ぎ捨て、裸で交わるこの場所に、安心する。生殖を伴わない性行為を、穢《けが》れたものだと決めつけたり、悪だ不快だと感じる人はいるし、剥き出しの欲望が露わになる行為だからこそ、人を傷つけ、自分も傷つくことはある。

けれどそれでも、誰かと肌を合わすセックスという行為は、この世で一番幸福な瞬間をもたらしてくれる。幸せなセックスのおかげで、「生きててよかった」と思うこともあるし、孤独を埋められ救われることもある。

単純に性欲だけでなく、人肌にしか癒されない傷や哀しみは、存在する。

ラブホテルの大きなベッドでひとり、身体を伸ばして天井を眺めていると、ふと、この空間で過ごした様々な記憶が蘇ってくる。もちろん、いい思い出ばかりではないし、忘れたはずの憎しみや寂しさがこみ上げもするけれど、それでも私はこの場所が好きだ。

かつては、女がひとり旅やひとり飯をすると、「寂しいね」なんて言われ方もしたぐらいだから、「ひとりラブホなんて信じられない。寂しすぎる」という人もいるだろう。

でも、どんな人間でも、普段は満たされているつもりでも、寂しくなる瞬間が訪れる。

寂しくない人間なんて、いないのだ。

人に心がある限り、寂しさからは逃れられない。

人に簡単に会えないこんな時期だからこそ、寂しさを実感している人も多いはずだ。

私も、ときどき、とても寂しい。

けれどそれは私にとって、孤独と共に必要な感情でもある。

ひとりラブホで、思い出にひたったり誰かを想ったり、寂しさと共に過ごすのも、たまにはいい。

貢ぐ女の友は貢ぐ女

今年に入り、少しずつではあるが押し入れの中のものの片づけをしている。

昔、好きだった人関係のものは、とっておいても仕方がないので、容赦なく捨てている。

その中で、「これだけは捨てられない」ものがあった。

あの人のことだけは覚えていたいの……なんて、いい話ではない。

男に貢いだ証拠品である、銀行振り込みの「ご利用明細」だ。

初体験の相手の男に、「お金がないと故郷に帰らないといけない、切羽詰まっている」と頼まれ、複数の消費者金融から金を借りて男に渡した。男は「返すから」と言っていたけれど、結局数百万円渡して、戻ってきたのは三万円だけだ。そのあとは関係が破綻し、「返して」と懇願しても「無いから返せない」の一点張りだった。ちなみに、全く罪悪感など無いようで、未だにときどき「お茶のもう」とか連絡してくる。

今後、この男と何かトラブルが発生したときのために、振り込んだ証拠である明細書は捨てないことにした。

当時は、共通の知り合いに相談し、その知り合いが友だちの弁護士に聞くと「返済能力がないから、難しいだろう」と言われ、私のほうも家賃すら払えずガスと電気代を毎月止められるような生活で、裁判なんてお金がかかることは無理だと思っていた。

今なら、そんな状況でも、駆け込む先だって思いつくし、誰かに助けを乞うこともできる。男の銀行口座に振り込んだ明細書を久々に眺めながら、お金を渡すことでしか相手にしてもらえないと思い込んでいた過去の私の卑屈さを思い出していた。

自分の貢ぎ経験は、ずっと恥だと思っていたし、あるときまでほとんど人に打ち明けたことはなかった。心配されるのが申し訳ないし、バカにされるんじゃないかという怖さもあった。

今でもこの話をあちこちに書いて、それを読んだ女性に、「信じられない」「どうしてそんなことをするのか、全く理解できない」とは、よく言われる。

お金を渡してまで、男に縋ろうとするのは、ありえない、と。

彼女たちは、「自分に興味のない男は、そもそも好きにならない」ともいう。だから、男に貢いだり、必死に愛を乞い醜態をさらす女が、信じられないと。

そう言われる度に、**すいません、私、女として最底辺なんです**、あなたたちとは違うんですと、謝りたくもなる。

自分は男に愛され、欲情されるのが当たり前で生きてきた人たちには、絶対にわからないだろうと内心思いながら、「いや、私、バカだから－」なんて口にしている。

しかし一方で私が小説家になる前にブログに貢ぎ経験のことを書くと、思わぬ反響もあった。ブログを読んだ人から、「私も同じような経験あります！」とメールが何通も来た。リアルな知り合いも、数人、「実は誰にも言ったことないけど、私も貢いで大変だった」と告白してくれた。

私からしたら、彼女たちは、「最底辺」の私とは違い、男の人から愛される資格を十分持っているように見えたのに、そうではなかった。彼女たちも必死に愛を乞うていた。

そして小説家になり、さらにあちこちにこのことを書くと、「私も！」という人が、思ったよりもたくさんいるのを知った。

金額や状況は様々だが、貢ぎ友、貢ぎフレンドたちができた。

貢ぎ女の共通点としては、他人が思うより自己肯定感低めで、情が深い。この「情が深い」というのは、私も何度も言われたが、非常に厄介だ。

そして貢がせる男は、女の自己肯定感の低さと、情の深さにつけこむのが上手い。自分で稼ぐ能力はなくても、貢いでくれる女を見つける嗅覚には優れている。

私は「貢がせ男」にぶち当たって被害を受けたのは一度だけだが、何度も同じ経験を繰り返している女も知っている。

また、貢ぎフレンドの女たちは、仕事を持ち、経済的に自立している人も多い。自分が稼ぐから、男に頼らなくてもいい。そうなると、頼りたい男が寄ってくる。社会で男並み、男以上に仕事をバリバリしていると、「偉そうな女が許せない、偉そうにしたい男」に遭遇もする。

女のほうが稼ぐのは嫌だ、自分のパートナーには自分より収入は下であって欲しい男というのも、結構いる。

そんな「何がなんでも女より上に立ちたい男」たちに揉まれていると、偉そうにしない「私がいないと生きられない」と思わせる男が、するっと疲れ切った心の隙間に入り込む。

男が女を養うように、女だって男を養うのは、問題ない。

ただ、騙したり嘘を吐いたりして金を引っ張るパターンは、ロクな結末を迎えない。

そう言いつつ、実は私は自分の貢いだ過去を、今はそんなに「私なんて最底辺」と思い出して落ち込んだりはしない。嫌なことや悲しいことがたくさんあったから、二度とあんな目には遭いたくないし、人には絶対にすすめられないけれど。

私自身は、こうしてネタにできるようになったし、自分の「不幸」で、人を笑わせたり救うこともできると知り、自分も救われた。

愛されたいと乞う女がたどり着くのは、愛されなくても生きていける境地なのかもしれないともときどき考える。

私はまだまだ愛されたいけれど、昔と同じ苦労をする体力気力もないので、二度とそんな男には引っかかりたくないと誓って生きている。

けれど男に貢いでしまった自分の情の深さは、嫌いじゃない。

そう言えるのは、今まで出会った「貢ぎフレンド」たちのおかげなのだ。

安全で安心な「お相手」はどこにいるのか

先日、仕事関係の情報収集のためにネットでいろいろ漁っていたときに、探していたある事件を題材にした漫画を見つけて、すぐに購入した。

四十九歳の女が、三十七歳の不倫相手を刺殺した事件だ。

女はふたりの子どもがいるシングルマザーで、夫は蒸発し、会社員として働き両親と子どもの生活を支えていた。そんな彼女が、単身赴任をしていた年下の上司と関係を持ったが、別れを匂わされ、ラブホテルで彼の手を触ったら「気持ち悪い」といわれ、男を刺した。

漫画のほうは、多少の脚色をしてあるだろうが、四十九歳の女は、更年期のホットフラッシュで常に汗をかいて、耳鳴りもしていて、体調が悪い。夫には「女として見られない」と去られ、会社では陰で「ババア」といわれ、自主退職をさせるために若い子が多い部署に移動させられている。親切な上司と飲みに行き、「私、もう十年以上、誰ともしてないの。最後のチャンスなの」と、すがりついて同情をひき、強引にセックスをするが、上司との関係が会社にバレると、「いい年したおばさんが、みっともない」と嗤われ、不倫相手からも内心は気持ち悪がられていた……と、いう内容だった。

とにかく「**四十九歳更年期**」の女が、徹底的にみじめに描かれている。
同じく「四十九歳更年期」の私としては、号泣した！……りまではしないが、漫画とはいえ胸が痛んだ。

しかし、性欲を捨てきれない若くない女が、年下の男に惚れるのは醜悪で笑いものになるとして、もしもこれが男女逆なら、どうなるか。

年配の男が、ひとまわり以上、年齢が下の女に惚れる物語は溢れているが、笑いものとしては描かれない。「男の夢」「いくつになっても恋はしたい」「おじさん好きな女の子に惚れられる」と、普通の「恋愛」扱いされる。ときにはセンチメンタルな切ない物語として昇華される。

週刊誌などには、六十歳からのセックス記事が溢れていて、当たり前のようにひとつのコンテンツになっているが、その対象は決して同世代ではなく「若い女」だ。

おばさんが、若い男にハマると「みっともない」と言われるが、おじさんが、若い女を好きになっても、「そりゃ男は若い女が好きだから」「女は若いほうがいいに決まってる」と、腹に肉がついて髪の毛も薄くなって加齢臭を漂わす自分のことを棚に上げまくって、肯定されるのは、いつももやもやする。

同世代どころか少し年下の女まで「おばさんだから対象外」と言い切り、娘ほどの若い子たちが、当たり前のように自分を恋愛や性の対象にしてくれると信じているおじさんたちは、世の中に溢れるほどに存在している。

芸能人が、二十歳以上年齢が若い女性と結婚すると、「俺もイケるかも」と勘違いしたり、会社や仕事関係の女性が優しく接してくれるのを、好意だと勘違いしてセクハラになることも、本当に多い。

若い子が魅力的なのは、間違いない。

でも、だから「おばさん」を、断罪したり嘲笑するのが、いつも納得できないし、「**いや、お前もおっさんやで**」と、つっこみたくなる。

私だとて、こういうコラムを書いて、「おばさんだって性欲あるぞ」と言い続けているけれど、それだって「みっともない」と思っている人は、きっといるだろう。

上記の漫画を読んで、「ねぇ？　更年期の女が性欲持つのって、若い男を好きになるって、そんなに悪いことなの？　そんなにバカにされるようなこと？？　なんで男なら許されて女はあかんの？？」と、もやもやが止まらなかった。

更年期の性欲だが、私の周りには何人か「閉経して性欲が全く無くなった」「性欲が減退して焦る」という人がいる。中には「今からでもパートナーは欲しいけれど、性欲がもう無いからセックスはしたくない。そうなると、相手が求めても応えられないから、難しい」という悩みも聴いたことがある。

他の更年期の女性たちはどうなんだろうと思って、先日、多くの女性の性の悩みを聴いている専門家の人と話をした。

その人いわく、自分のところには、更年期、閉経で、性欲が増したという人がよく訪れるということだった。そりゃあそうか。性欲が強くなった人たちは、たやすく身近な人に相談はできない。「みっともない」「いい年のくせに」と、傷つくことを言われかねない。

ただセックスは、ひとりではできない、相手がいる。結婚はしていても、パートナーとはセックスレスという人は、本当にたくさんいる。

じゃあ、どうするかというのが問題だ。

若い頃なら、相手は見つけやすかったけれど、若い女に価値を見出しおばさんにNGを出す男だらけのこの世界では、相手は限られてくるし、そもそも誰でもいいわけではない。

女性用風俗で解消される場合もあるが、お金の余裕がない人や、どうしても「風俗」に抵抗ある人もいるだろう。そういう私も、レズ風俗はいいけれど、「知らない男」とは、こわい。

という話をしていると、専門家が、「だからね、元カレとって人、多いんです」と言ってて、なるほどなと大きく頷いた。私の知り合いにも、既婚者同士、お互い夫婦間ではセックスレスになり、元恋人同士でセフレになっている人はいる。

けれど、やはりそれだとてリスクのある関係だから、抵抗がある人も、もちろんいる。

妊娠の心配はなくなったけれど、もう自分が若くない女であるという焦燥感や、セックスへの執着、求められたい、人肌が恋しい、抱きしめられたいという欲求は存在する。

若くないからこそ、慎重になり、セックスが怖くもなる。ホルモン減少による、性交痛だってある。セックスはしたいけれど、こんな衰えて老いた身体を見せたくはないという葛藤はもちろん消えない。

考えれば考えるほど、更年期の女のセックスはハードルが高い。余計なこと考えないで楽しめれば、一番いいのだろう。けれど、みんながみんな都合のいい相手を見つけて、罪悪感も葛藤もなくセックスをエンジョイできるほど器用でもないし、自信も無いのだ。

などと、五十歳を目前にした私は、失われない性欲を抱いた更年期の女たちの性のめんどくささに、身もだえしている。

ほっといてんか、押しつけんといてんか

私は三十九歳の終わりに結婚して、もうすぐ十年になるのだが、先日、それを母親に言うと、「晩婚だと思ってたけど、そんな若かったのか」と返された。

妹も弟もみんな結婚していたので、私自身も当時はずいぶんと「遅い結婚」だと思っていたが、私も母の言うとおり、「あれ、そんなに若かったのか」と思った。

もしかしたら、この十年で、世の中と私自身の価値観が少し変化しているのかもしれないなとも考えた。

昭和の小説を読んでいると、二十八歳で「行き遅れ」なんて言葉が出てきて、びっくりする。

今の時代、二十代後半、三十代、ついでに四十代で独身の女なんて、ゴロゴロいる。

しかも彼女たちは「**行き遅れ**」でも、「**売れ残り**」でもない。仕事に夢中になって結婚が後回しになっていたり、結婚にメリットを見出せなくて独身を選択したり、あと既婚者等、結婚できない相手と恋愛していたりとか、そもそもひとりが好きだったりと、その理由は様々だ。

私自身は、自分はクズで女として最底辺だから結婚なんて無理だし、一生無縁だと信じてい

たが、三十九歳で知り合ったバツイチの男と半年後に結婚した。

もともと、「結婚」に、あまりいいイメージは無かった。相手の家に嫁いで労働力になり、自由が無くなるものだという印象が強いのは、私の母の世代がそうだったからだ。

それでも十代、二十代ちょいぐらいまでは、自分も当たり前に結婚するのだろうなんて信じていたし、将来別にやりたいこともなく、結婚していない女の未来のイメージが浮かばなかった。

結婚にいいイメージはないくせに、二十代や三十代前半に、独身であることに罪悪感を抱いていたのは、「女は結婚するべき、子どもを産むべき」という価値観に縛られていたからだ。

けれど三十代半ばで、バスガイドの仕事に復帰したときに、考えが変わった。

バスガイドは女の世界で、私より年上の先輩たちがたくさんいて、独身も離婚歴ある人も既婚者も様々だが、みんな仕事熱心なプロばかりだった。

お客さんをいかに楽しませ満足させるかがすべてで、やりがいを感じ楽しくもあり、独身とか結婚とかそんなの関係なく対等でいられる世界だった。誰も「結婚ていいよー」「早く子ども産まないと」なんて押しつけてこない。それよりも自分の能力で仕事をするほうが何より大事だった。そんな環境にいたから、「結婚しなきゃ」なんて焦りもなかったし、独身である罪悪感も消えていた。

知人の中には、年賀状に「結婚して、幸せ過ぎて怖いです!!　女として最高の幸せを手に入れました！」なんて書いて送ってくる人もいたし、私自身も結婚した際に「女の幸せを手に入れたね」と何人かに言われたが、私は結婚がそんなに万能感があるものだとは、どうしても思えない。

結婚したから「永遠の愛」を手に入れたなんて、考えが甘すぎないか。結婚がゴールのわけがないし、結婚したから女の人生がすべて好転するわけもない。

年をとるごとに、周りを見渡せば、結婚して不幸になった人もいれば、離婚して幸せそうな人もいるのがわかる。自分が結婚するときも、東日本大震災が起こったのもあり、浮かれてはいなかった。

結婚は制度だ。

私と夫は、その制度が自分たちにとって都合よかったから婚姻届を出した。ただ、姓の問題をはじめ、その制度にメリットよりもデメリットを感じる人たちだって、たくさんいる。だから、利用したい人がすればいい。今は事実婚という形だってある。

そして結婚にリミットは無い。

四十代、五十代で結婚した女性は、周りに結構いる。四十代後半で結婚をした知人は、「若い頃のように、恋愛の終着点に結婚があってというのとは違う。もう自分も相手も若くないから、一緒に老いていけるパートナーという感じ」と言っていた。

年を取っての結婚のいいところは、子どもを作らなければという義務感から解放されることだ。ただ、介護問題はついてまわるので、「結婚おすすめ！」と、独身の友人たちには言えない。

ひとりじゃ寂しいから結婚するべきだとは思わないし、ひとりで気楽に過ごせるなら、それでいい。独身でも、何らかのコミュニティに身を置いて、誰かと楽しく過ごしている人たちだっている。

あと「孤独死が嫌だ」とか言われるけれど、夫婦だからといって同時に死ぬわけじゃないんだから、どちらかが取り残されるのだ。

子どもだって、外に出てしまうし、家族がいるから孤独死を逃れられるなんてことはない。

結婚は、したい人がすればいいし、押しつけられるものでもない。

してるから偉いとか、そんなわけがない。

ありきたりの言葉だが、人の幸せはそれぞれで、いろんな形がある。

結婚するべき、子どもを産むべき、それが女の幸せ！　なんて価値観から解放されて、自分にとって一番都合のいい選択ができる自由な社会であるほうが、みんな「幸せ」になれるはずだ。

怒れない日々

五十歳の誕生日まで、一ヶ月を切った。

残り少ない四十代だが、いつもの通り、仕事して家事して、たまに散歩して読書してと変わらず過ごしている。

こうして、なんとなく、日常の延長で、年を取っていくのだろう。

生理はまだあるけれど、短い。そして一時期、ホルモンバランスが狂ったのか不正出血もあり、**バリバリ更年期だ。**

老眼がすすんでいるから、遠近両用メガネを購入した。別の眼鏡のレンズも替えたりしていたら、結構お金がかかり、「誕生日に自分へ何かプレゼント」は、もういいかと思った。

他には、特に不調らしきこともないが、相変わらず生理前は肩やら腰やらが痛くて気分はどんよりする。

私の身体は、順調に閉経に向かっている。

正直、もうとっとと生理終わってくれよ！　と思っている。

そして生理が終わるから「女じゃなくなるのが嫌」なんて不安は、相変わらずない。初潮が訪れることを「女になる」、閉経を「女が終わる」なんて表現を聞くと、女の役割は生殖だけなのかとツッコみたくなるので、早く絶滅して欲しい。

身体は少しずつ変化して、確実に老いてはいるけれど、どうあがいたって若さは取り戻せないのはわかっている。

心の方だが、変わったなと思うのは、怒りをエネルギーにできなくなったことだ。

若い頃は、私は文章を書くのも、行動も、根本にあるのは怒りだった。

常に怒っていた。

そして私自身が生きづらい世の中はクソだからと、殺したかった。

世の中を良くしたいのではなく、殺したいと思ってしまうのは、怒りの根底にあるのが憎悪だったからだ。破壊したいのは世界だけではなく自分自身もで、破滅願望は常に自分の中に渦巻いていた。

環境が変わりはしても、私は自分自身の怒りに突き動かされて生きてきた。

座右の銘と聞かれると、「復讐《ふくしゅう》です」と答えるぐらい、怒りと憎悪に支配されていたし、人と社会を呪いもしていた。

けれど、ここ数年、怒りが持続できなくなった。

怒ると、ひどく疲れてしまう。仕事や家事に支障がでるぐらい、疲れる。

そしてＳＮＳなどで、他人の怒りを見ても、ときどき疲れてしんどくなるから、意識的にシャットアウトする。

あれほどまでに私は怒りで生きていて、怒りをエネルギーにして、人が怒っているのに、そうだそうだと乗り移って怒りを増幅させてもいたのに。

怒りは消えたわけではなく、小さな焔としてずっと私の中で静かに燃え続けてはいて、それは小説の中で生かすようにはしているが、爆発的なエネルギーにはならない。

もちろん、日々、怒ったり憎んだり、嫌いな人はたくさんいてムカつきまくってはいるけれど、だいぶ昔よりマシになった。

そして怒りが薄まるのと同時に、破滅願望も消えた。

小説家になる前、毎日のように書いていたブログには、当時の私の怒りの感情が長い文章に反映され、一部の人たちに絶賛もされていた。

今でも、あのブログを読んでいた人たちから、「また書いてください」なんて言われることがたまにあるけれど、もう書けない。

そして昔のような怒りに満ちた文章が書けなくなったことに、私は安堵《あんど》もしている。

ずっとあんなふうに生きていたら、怒りに支配され、焼き尽くされ、死ぬか病むかしていたとしか思えない。

そして、怒りが正義感になり、他者を傷つけるのを正当化することも、私はさんざんやってきた。「女じゃなかったら殴ってやりたい」とか「君は本当に人を傷つける言葉を知っている」などと言われ、人と憎しみ合ったことも数知れない。

それらもすべて、私は書いて生きる力にしていた。

でも、もう、そういうのも、いらない。

いつ死ぬかわからないという言葉が、リアルに迫ってくる年齢になって、願うことは穏やかに幸せに生きたい、それだけだ。

小説家になっても、最初の頃は、怒りのエネルギーで仕事をしていた。

官能の賞でデビューして、性的な内容であること、私が「美人作家」ではないことで、散々誹謗中傷もされたし、嘲笑され馬鹿にされた。読みもせず、他の作家と露骨に扱いを変える人たちというのは、たくさんいる。

そういう人たちを見返してやりたい！　という怒りでどんどん仕事を受けていた。

実のところ、十年経った今でも、**「馬鹿にされている」と感じることは、よくある。**けれど少ない人数ながらも、自分の書いたものを読みたいと望む人たちのほうを向いていくほうが、大事だ。

そんな当たり前のことすら見えないほどに、私はずっと怒りと憎悪で走り続けていたので、やはりもう疲れてしまったのだと思う。

怒りを一番のエネルギーにしてブログを書いていた頃の私の文章を、面白いと言ってくれた人たちからしたら、私は価値を失ってしまったかもしれない。

それでも昔のように、怒りでは、もう動けない。

けれど、だから書けなくなったわけでは、全くない。

五十歳を前にして、やっと復讐を動機にして書くのをやめられて、私は安堵している。

怒りをエネルギーにしていたのを、全く後悔はしていないけれど、エスカレートした怒りが憎悪に変わると、最後に燃やされるのは自分自身だった気がしてならない。

怒りに殺されたくはないと思う私は、生きたがっているのだ。

自信がないという自意識過剰さを自覚しながら

この記事がＵＰされた頃には、私は小説家生活十一年目に突入している。

十年前に、最初の本『花祀り』が出版された。

ところで、デビューって新人賞を受賞したときか、本が出た日か、どちらを起点にするかわからないのだけど、本が出た日のほうがしっくりくるので、二〇一一年の三月としている。

十年経ち、四十冊以上の単著を出版した。なんとか仕事は途切れず、文章で食えてはいるし、自分でも頑張ったなとは思う。

けれど、自信がない。

小説家としてもだが、人として、女として、五十歳を目前に、私は自信がないままだ。

私は常々、自分は嫉妬深いと考えているけれど、それは自信のなさゆえだとはわかっている。

そして自信がないというのは、そもそも「自分はもっと評価されるべきだ、能力があるはずだ」という、傲慢といっていいほどの自尊心が根底としてあるのも、承知している。つまりは自己評価が低いように見せかけて、逆なのだ。

今の自分自身が得ているもので満たされていれば、「自信がない」なんて思わない。すべて自意識の過剰さからくるのはわかっちゃいるが、それでも「自信がない」と、毎日考えて、落ち込んだり苦しんだり、ときには眠れなかったり、泣きもする。

クズ男ばかりに引っかかるのも、自分に自信がないという弱みにつけこむ男ばかりを好きになるからだ。そんな男たちは私から金を引っ張り、心を痛めつけ、愛さなかった。私自身も、心のどこかで、「自分はまともな、健全な心の男には好かれない」と思ってもいた時期があった。

私は写真を撮られるのも嫌いだし、人前に出るのも本当は苦手だ。

人の目に晒されるのが苦痛でならない。でも、そんな自分の卑屈さを克服もしたいのと、人前に出ないのは自信のなさを増幅させるだけだから、「治療」のつもりで顔を出す。

本の宣伝のためにインタビューを受け撮影をされるけれど、本心では私のような者が表に出るのは、読者をがっかりさせるような気がしてならない。だってみんな、美しい女のほうが好きなのは、わかっている。私自身だって、美しい人は好きだ。だから本当は、私のような者が顔を出しちゃいけないとは、ずっと考えている。

小説も、世に出す前の段階で書いているときや読み直しているときは、いつも「本当にこれは面白いのか」「才能なんて私にはない」「編集さんごめんなさい」と、自信のなさに追い詰められ、苦しい。

小説を書くしんどさは、創作ができないのではなく、自信のなさとの戦いだ。

「どうして、いつもそんなに自信がないの」とは、何度も親しい人に言われた。

だって、自信がないんだものとしか、答えようがない。

ある女性と話していて、彼女が「女の人って、なんではっきり『嫌なものは嫌』って言えないんだろう。あとで怒ったり、文句言うぐらいならば、ちゃんとその場で伝えるべきなのに。私はいつも、きちんと自分の意志を貫いてきたから、そういう女の人がわからない」と口にしたのを聞いて、「あなたは自分に自信があるからですよ」と口にしたくなったけれど、おさえた。

私が嫌なものは嫌と言えなかったのは、自信がないからだ。嫌われるのが怖い、その場の雰囲気を壊して非難されるのが怖い。仕事を無くしてしまうのが怖い。わがままだと思われるのが、怖い。傷ついていても、平気なふりをしてやりすごし、あとで泣いた。

今は昔よりも「嫌なことは嫌」と、だいぶ言えるようになったけれど、かつての私のようにはっきりNOと言えない女性なんて、たくさんいるはずだ。五十歳を目前にして、「自信がない」と、まだ言ってるなんて、若い頃は思わなかった。

小説家になったって、結婚したって、私は自信がない。

世の中から必要とされなくなること、人から見捨てられることに、ずっと脅えている。

そしてこんな「自信がない」私のそばにいる人は、結構きついだろうなとも思っている。

美人なのに自信がない、お金持ちなのに自信がない、誰もが羨む仕事を持っているのに自信がない。**傍から見て、「なんであなたが？」と疑問を抱くほどに、「自信がない」人たちは、結**

構いる。

そして、その自信のなさをぶつけられるのは、ときどきしんどい。

「そんなことないよ、あなたはすごいよ」と言っても、届かない。

明らかに人が羨むような容姿の人に、「自信がない」と言われるのは、彼女が本気でそう思っていても、嫌味なのかと思ってしまう。

私だとて、「自信がない」と口にして、他人を不快にしていることはあるだろう。

そして、好きな人が「自信がない」と口にし続けることは、近くにいる人間は自分の無力さを感じてしんどいのは私自身も何度か経験した。


わかっちゃいる。

自信がないなんて、言わないほうがいい、思わないでいたい。

でも、やっぱり私は、自信がない。

たぶん、五十歳過ぎても自信がない。

今の自分が好き!! なんて、言えない。

自信のなさに落ち込み、泣いて、眠れない夜は、きっとこれからも訪れるだろう。

いつまで傲慢な自尊心を持ち続けているのだと、自分の欲深さには吐きそうになるほど辟易しているが、捨てられないまま年を取る。

両立なんてさせてたまるかという呪い

先週、最初の本を出してから十年が過ぎ、無事に十一年目に突入した。

だからといって特に何もせず、居酒屋でひとりで軽く飲んだぐらいで、すぐに帰宅していつもの日常を送っている。ただ、ふと思い出すことがあった。

十年前、デビューした際に、ある男性編集者に言われた言葉だ。

私が、結婚する予定であると告げると、その編集者は、「**女の作家は、幸せになると書けなくなるんだよな**」と口にした。言われたときは、もちろんカチンと来た。

あとで、他の女性作家と話していて、この「幸せになると書けなくなる」という言葉を投げかけられた経験があるのは、私だけではないのも知った。

どうして女の作家は、こんなことを言われてしまうのだろう。

この編集者の言った「幸せ」は、仕事の成功ではなく、恋愛、結婚、出産などのことだ。

私は小説家デビューと同時に結婚したけれど、その際、何人もに「女の幸せつかんだね」と言われるたびに、違和感があった。私としては、結婚は多くの人がするけれど、小説家デビューのほうが人生の一大事のはずなのに、みんなの意識は、結婚＞＞＞＞小説家なの？？　と、素直に「ありがとう」と言えなかった。

そして「結婚＝女の幸せ」なんて本当に思ってる？　と、疑問を抱いた。

三十九歳まで独身だった私は、結婚にそんないいイメージは無かったし、家事嫌いだし、自由を奪われるのは嫌だなともずっと考えていた。

結婚して不幸な人もいれば、独身で幸せな人もいる。

男性が結婚しても「男の幸せつかんだね！」なんて、言われない。

祝福してくれるのはありがたい話だけれど、「女の幸せつかんだ」と言われるのは、ずっともやもやしていた。

「女の作家は、幸せになると書けなくなる」というのは、どういう意味だろうかとも考えた。

満たされてしまうと書く気力が失われるというのは、わからなくもない。

一部の売れっ子を除いて、小説というのは儲からないし、世に出たら批判や、ときには誹謗中傷もセットでついてきて、理不尽だなと思うことも、しばしばだ。

編集者とやり取りしながら一冊の本になるまで書き続け完成に至るのは、結構な気力がいる。モチベーションが必要で、心が折れないように、メンタルを整えるのに必死だ。書き終えたあとは、ドッと疲れが押し寄せてきて動けなくなることもある。

それでも書き続けるのは、飢餓感があるからだ。

私の心の欠落が、常に怒りや悲しみや寂しさを訴えている。それらは日常生活では吐き出せないものばかりで、文章にして人に読まれることでしか行き場がない。

だから欠落が埋まってしまえば書けなくなるかもとは、常に思っている。

けれどその欠落は、「女の幸せ」を得て無くなるものではない。

近代の女性作家の中には、恋愛スキャンダルやトラブルなどを作品に反映し名を残す人たちもいるし、ドラマチックな人生は、それだけで大きなネタとなり、印象も強い。

でも、それは「不幸」なのだろうか？

私自身も、男に騙された借金話をネタにして、「不幸自慢」と同業者に批判されたこともあるけれど、不幸というより「ちょっとやらかしてしまった私って馬鹿」というぐらいの認識だ。男運が悪いとかは思っているが、それも見る目がないだけの話だと今は思う。

「女の作家は幸せになると書けなくなる」と言ってくる人たちは、「女の作家は不幸であって欲しい」と願っている気がしてならない。

仕事の成功と「女の幸せ」を両立させてやるもんか、男無しではお前ら女は幸せになれないんだぞと内心思っているのではないか。

男が女に、という話ではなく、女でも女にこういうことを言う人は、たくさんいる。

私も、「本たくさん出して活躍してるけど、やっぱり子どもがいないとかわいそう」と知人女性に言われた。

作家に限らず、私の知り合いの独身女性は、仕事で成功して財産も築いているのに「頑張ってるけど、女の人はやっぱり結婚して子ども産むのが幸せ」と、いろんな人に言われてげんなりしたと話していた。

女性の物書きで、結婚を決めたのに、「幸せになったら私は書けなくなる」という恐怖で婚約破棄した人も知っている。

それぐらい、この「女の幸せと仕事の成功は両立しない」呪いは根深い。

けれど、人を不幸と決め付けて優越感を得たい、自分はマシだと思いたい人につきあうことはないし、そんな人たちの言葉を本気にする必要なんてない。

「幸せになると書けなくなる」と言われてから、十年が経ち、私はまだ小説家としてなんとかやってきている。人気がなくて本が売れなくなり仕事を失ってしまえばおしまいだけれども、書く気力はあるし、書きたいこともある。

渇望があり、満たされてはいないからだ。

ずっと欠落を抱えて生きている。

でもそれを決して「不幸」だとは思わないし、欠落があるからこそ書き続けられるのならば、幸せだ。

デビューしていきなり「幸せになると書けなくなる」なんて言われたときは、少し腹立たしくもあったけれど、だからこそ「**お前らの願う通りになってたまるか**」と思ってもいる。

恋愛や結婚や出産で幸せになったっていいけれど、「女の幸せ」は、それだけじゃない。

おばさんの自由

五十歳まで、あと一週間を切った。

意外なほどに、四十代が終わることに何の感慨もないが、五十歳になったら、私は堂々と自分を「おばさん」と言えることに安心感を抱いている。

今までだって、おばさんだったけれど、この「おばさん」の定義は、あいまいだ。

二十代後半だって、「おばさん」を自称する人はいる。年上の女から見て、「いや、お前、若いだろ」とツッコんでも、本人からしたら「もう若くない、だからおばさん」だ。

私が「おばさんだから」と口にすると、年上の女性たちから「まだ若いよ」とも言われることもある。逆に私も自分より年下の女性たちがおばさんだからなんて言うと、「**おばさんちゃうし**」と思ってしまう。本気で自分をおばさんなどと思っておらず、「そんなことないよ、まだ若いよ」と言われたいがための**自称おばさん**もいる。

結局、おばさんて、何歳からという定義がないから、好きに使えてしまうのだ。

でも、さすがに五十歳過ぎたら、立派な「おばさん」じゃない？　と、思っている。

だから堂々と「**私はおばさん**」**と口にして、おばさんとして生きていける。**

三十代から四十歳ぐらいでも、「女子」に分類されることもある世界で、四十代の私は中途半端なおばさんのような気がしていたが、まもなくまごうことなきおばさんになれる。

自虐としてのおばさんではなく、事実としてのおばさんになれることに、ホッとしている。

「若い女」は、世の中で優遇されることも多いけど、それにともないしんどいこともついてくる。常に容姿を采配され、男に妄想を押しつけられ、なめられる。

接客業をしているときは、若い女相手だからと無茶なクレームをぶつけられ、男の社員が現れると態度を変えられることなんてことが、しょっちゅうあった。

どんなに仕事ができても、若い女だからというだけで下に見られる人は、たくさんいる。なめて馬鹿にするほうは、無意識、ときに好意や「可愛がっている」つもりでそれをやっているから、反省もしない。

若い女が優秀だったり、物を知っているのが許せない男たちはたくさんいて、さまざまな世界で、親切心のつもりの「教えてあげるおじさん」が女に張りつくのも、結局のところなめて馬鹿にしているからだ。

私の場合は、若いけれど容姿が醜かったので、常に劣等感を抱き嫉妬から逃れられず苦しかった。若い女なのに、若い女の恩恵を受けられない自分は居場所がなかったし、同性と対等に会話もできない。露骨に女の容姿で態度を変える男たちに傷つけられるのにずっと脅えて生きていた。

自分がもしも美しく生まれ、若さや容姿を武器にうまく生きられたら、もっと若い女であることを自画自賛しながら享受できたかとも考えたが、それはそれで、価値を持てば持つほど、必ず来る喪失の恐怖を抱いていそうな気もする。そして「いつまでも若いつもりの痛いおばさん」になるかもしれない。

若いときも、若くなくなっても、「ありのままの自分」を愛して生きられる人間には、どうしてもなれそうにない。

もちろん、若さには価値があるし、何よりも健康で体力があるのが羨ましい。とにかく年を取ると身体のあちこちにガタがきて、つらい。できることも限られてきて、私も小説の仕事が無くなったら、どうやって生きていけばいいのかと考えるだけでも憂鬱になる。

私がもっと若くて可愛かったなら、小説だってたくさんの人に興味を持ってもらえて、影響力がある人たちにちやほやされて、出版社だって顔写真バンバン出して宣伝してくれるかもしれないのになんてたまに思う。

それでも、**「若い女」という戦場から降りられる**ことにホッとする。

おばさんだって、容姿のことは常に言われるし、なめられたり、馬鹿にされたりはあるけれど、「おばさんだから」という逃げ道がある。

もう、おばさんなので、人がどう見るか、どう思うかは気にせず、好きなことして生きていようという気持ちが強くなっている。

おばさんという逃げ道にすすむことは、社会から関心を持たれないということかもしれないけれど、それでもいい。

世の中は、「女子」や「女の子」のカルチャーが溢れていて、私は若い頃から、そこに全く馴染めなかった。「女の子はみんな」と枕詞《まくらことば》をつけられるものは、自分と当てはまらないものばかりだ。

「女子のため」「女の子の」とされるものだらけの中で、おばさんの居場所はどこにあるんだとも考えてしまう。

小説家になってからも、「女子が好きそうな」「女の子が共感する」小説は書けないことを痛感した。

「女子」「女の子」になれなかった自分に、長い間強い劣等感が常にあったけれど、おばさんになったら、それからも少しは解放される気がしている。

「若い女」であるという戦場から降りた先にあるものは、老いと死だ。

身体の衰えと共に、もう時間は限られているのだと思い知る。

おばさんになり、近づいてくる老いと死からは目を逸らすことなどできなくなって、だからこそ、好きにさせて欲しい。

これからは、自由なおばさんとして生きていく。

そして五十歳になった

この日記を書いているのは、四月十一日の日曜日、四十代最後の日だ。翌日の十二日が誕生日で、五十歳になっている。

ちなみに四十代最後の日は何をしているのかというと、締め切りがあるからずっと家にいて仕事しかしていない。

やっと！　五十歳！

強がりではなく、ホッとしている。

そして生理は、まだ終わらない。

不規則だし、二日ほどで終わってしまうので、閉経の気配を濃厚に漂わせているけれど、毎月来ている。

本音をいうと、めんどくさいから、とっとと終わって欲しい。

ネットで、月経カップや、ミレーナ、ものすごい性能のいいサニタリーショーツなどの情報を見るたびに、あと五年早ければひと通り試してみただろうなと考えている。

初めて生理になってから四十年、あの頃はタンポンだって抵抗があったし、ＰＭＳなんて言葉も知らず、生理はひたすら鬱陶しいものでしかなかったのを考えると、今はどれだけ楽になったか。

さらに昔は、女性は毎月血を流すから不浄だと、行けない場所だってたくさんあったのだ。

閉経が近づき、しみじみと四十年間の生理のめんどくささを思い出し、やっと解放されるという喜びをかみしめている。

そして五十歳の私は、ちゃんと老いている。

顔にはシミは増えたし、白髪は頭のほうは少なめだが下はかなりグレイヘアだ。

目は老眼がすすんだし、とにかく疲れやすい。

やたらと乾燥するので、ハンドクリームやオイルが欠かせない。

髪の毛もコシがなく、もうロングヘアは無理で、薄毛に脅えている。

食べられないものも、増えた。冷たいものと油ものは、少しだけしか入らない。お酒だって、ずいぶんと弱くなった。

そしてやっぱり疲れやすいし、特に生理前はあちこち痛い。

老化は外見だけではなく、忘れっぽくもなったし、集中力がない。

だから仕事だって、昔みたいに睡眠時間を削ってたくさんはできない。

徹夜なんて、絶対に無理だ。

それらも含めてすべて、「おばちゃんだから、仕方ない」とは思う。

下手すりゃ、孫もいる年齢なのだ。

五十歳という年齢を、まだ若いという人もいるけれど、昔、「自分には未来なんてないから、早く死にたい。三十歳が限界だ」なんて思っていた私からしたら、長く生きたなという感覚だ。

二十代で、こんなに人生がしんどいのならば、三十代、四十代になったら、もっとつらくなるだろう。五十代なんて、考えられない。だから生きていたくない。自分で自分を殺す勇気はないから、誰か殺してくれないかと、ずっと考えていた。そんな最悪の二十代だったせいか、三十代、四十代と、私はだんだんと楽になっていった。

老いてはいるけれど、今がいちばん幸せだとは、心の底から思っている。でも、そう感じられるのは仕事もあり、そこそこ健康であるからで、それらを失うと、また違ってくるのだろう。これからどうなるかは、全くわからない。

そしてときどき、若くで亡くなった人たちのことを思い出しもする。もっと生きたかった人もいれば、自ら生きるのをやめてしまった人たちもいる。

昔の自分のように早く死にたい人たちに「生きていれば必ずいいことがある」なんて、言う自信はない。

今の世の中で、明るい未来や希望を持つほうが難しいと、特にコロナ禍の中で考えることが増えた。

私だとて、昔より今のほうが楽にはなったけれど、生きるのがしんどいなぁと思うことは、しょっちゅうで、去年は仕事の上で激しく落ち込む出来事もあり、もう死んでもいいんじゃないかなんて考えもした。

これから先、絶望と孤独に苛まれず強く前向きに生き続けようなんて、絶対に言えない。

いつも目の前に、死は存在している。

それが早いか遅いか、自ら選ぶか運命に身を委ねるかは、わからないけれど。


五十歳が近づき、これからどうやって生きていくかは、この一年でずっと考えていた。

何か新しいことをしよう！　自分を変えよう！　とは思わない。

そんな元気は、私にはない。

ただ、もう「**いつ死ぬかわからない**」**年齢**になったと思うからこそ、今までの人生でやり残したことを思い返してみた。

これからはパズルの残されたピースを埋めていく時間だ。

私の人生で欠けているものを拾い集めていく。

それは死の準備でもある。これから何十年生きるかわからないし、もしかしたら百歳まで生きてしまうかもしれないけれど、身の回りを整理し、世界を恨み不満を叫びながら人に迷惑をかけて死んでいくことがないように、幸せに生涯を閉じたい。

私の願う「幸せ」は、人とは違うものかもしれないけれど、誰かに合わせようなんて思わない。つまり私は、これからなお一層、わがままになる。

そう考えているのは、今、ものすごく生きることに執着があるということだ。

わがままで身勝手で、年甲斐もなく、悟りも開かず、落ち着きがない。

「いい年をして」と非難されることも増えるだろう。

朽ちていこうとする肉体に鞭《むち》を打ち、諦めきれない醜悪なほどの欲望を抱き続けながら老いて、死の準備をはじめよう。

そんな五十歳の幕があけた。

五十歳、その後

五十歳の誕生日、私は京都駅方面に向かった。

目指すは日本一高い五重塔のある東寺……のすぐそば、京都唯一のストリップ劇場・DX東寺だ。

近年、誕生日は旅行することも多かったが、コロナ禍の中では自由に動きにくい。どうするか考えた結果、DX東寺で過ごすのを決めたのは、浅葱アゲハさんの舞台が観られるからだ。

浅葱アゲハさんは、空中で舞うのを得意としている踊り子さんで、私がストリップを見始めた頃、いろんな人に「アゲハさんはすごい」「天井が高いDX東寺で見るべきだ」と言われた。

そして実際に東寺の劇場で彼女のステージを鑑賞したとき、私は拍手を忘れた。あまりにも崇高で、ただただ見入るしかできなかった。とんでもないものを目の当たりにしてしまったと、呆然とした。

彼女の身体は華奢に見えて無駄のない筋肉に覆われている。そして空中でシルクの布を操り舞うアゲハさんは、人間ではなく妖精じゃないかと、本気でいつも思う。

アゲハさんは、ふれたらこわれてしまいそうなほど繊細な人に見えるけれど、広い場内の空気を変えてしまうほど強い生命力を発している。

何度も見ているはずなのに、やっぱり今回も私は拍手を忘れ、感動してボロボロ泣いていた。

五十代の、初泣きだ。

それから地下鉄で烏丸駅まで移動し、数年前にテレビのロケで一度来たことのあるフレンチバルでワインと美味しい料理をいただいた。

少しまた歩いて、繁華街にあるお寺と一体化しているホテルにチェックインする。

誕生日は仕事をしないと決めていた。家の布団の周りには資料を積み上げているし、パソコンが目の前にあると何かしら作業をしてしまうので、気分転換のためにも、ホテルを予約していた。

大浴場のあるホテルなので、ゆっくりと風呂に入り、早めに睡魔が訪れたので眠った。翌朝は、ホテルで朝食を食べて、ぶらぶらしたあと帰宅して、日常に戻った。

五十歳になったからといって何の変わりもない……と言いたいが、実は誕生日は朝から足が攣《つ》るし、軽く腰に痛みを感じた。ホルモンの関係なのか、翌々日ぐらいから、なんとなくどよんと気持ちも落ちていて、こんな不調が心身ともに何度も訪れるんだろうなと考えると、やっぱり五十歳！　万歳！　とはいかない。

若い頃に戻りたくはないけれど、老いはしんどい、つらい。

ささやかな抵抗というわけではないが、私は新しい口紅を買った。

マスクで口元は見えないけれど、アゲハさんの舞台を見るのだから自分も少しはきれいにしたいと去年買った口紅を塗って鏡を見たら、ひどく似合わない気がした。

近年、口紅に限らず、こういうことが増えた。それまで平気で身に着けていた服やアクセサリーを、「似合わない」と思ってしまうことが。だからずいぶんと、捨てた。

「また身に着けるだろう」と思ってとっていたものも、容赦なく捨てた。

新しい口紅が欲しくなった。

五十歳の自分のための口紅が。

マスク生活で、化粧もいい加減になり、口紅をつける機会は、ものすごく減っている。人と会うことがあってもほとんどマスクしているから、つけないことが多い。

こんな生活は、きっともうしばらく、続くだろう。

でも、だからこそ、私は口紅を買った。

昔、女である自分が嫌で嫌でたまらなくて、全く化粧をしない時期が長かった。化粧をしても美しくなれない、化粧が似合わないのは強いコンプレックスだった。

どうあがいても私は心身ともに女であるのに女になれないのがつらかった。

三十歳を過ぎてから、女でありたい自分を抑えつけるのをやめて化粧をはじめたとき、どれだけ楽になったことだろう。

あの頃、口紅は私の鎧だった。心を守るための鎧と、ときには世間や逃れられない女という性に負けないための武器でもあった。

五十歳の今は、女でいさせてくれ、と願いながら、口紅を選んだ。

若い女しか恋愛や性愛の対象として認めない男だらけの、女子や女の子カルチャーばかりの、おばさんの居場所がない世界で、近いうちに生理が終わり五十歳になり、「もう女じゃない」と、言われることは、やっぱりこれからあるだろう。

それでもまだ女でいたいと今は思っているし、年を取ることには抗わなくても、年を取ったら女じゃないなんて価値観に従う気はない。

五十歳になって買った口紅は、私が女であるためのお守りだ。


この連載を終える時期について、担当編集者と数ヶ月前に話し、「閉経をゴールに」という話も出たが、閉経の定義は、最終月経から一年なので、まだ少ないながら生理はあるし、先が長すぎるし、下手すりゃ閉経まで数年かかるかもしれないので、「五十歳の誕生日まで」とした。

なので、閉経してないけれど、連載はとりあえず、今回で終わりです。

まだしばらく更年期の不調や不安定さと戦いながらあがく日々は続きそうだ。

女の人生は、いつまでたっても大変だけど、五十歳になった今は、それもふくめて面白いんじゃないかと思っている。

あとがき

五十歳を過ぎて、数ヶ月が経過しているが、まだ、生理がある。量は少なく、二日ほどで終わるが、毎月きちんとくる。

生理前は、肩こり・腰痛がひどくてつらい。

更年期の症状は、あるような、ないようなで、よくわからない。

というわけで、まだまだ閉経はしていない。

もう、面倒だからとっとと終わって欲しい。


四十八歳の終わりからWEBではじめた、この連載を今回、本にまとめるために読み直した。

自分はやはり悟ることなど出来ずに、煩悩の塊で、セックスとか性欲とかのことを考えるのを止められず、女という存在に執着しているのだと、うんざりしながら感心もした。

数年前に、少し年下の官能関係の仕事をしている女性の方と、「まさか若い頃は、自分がこんな年になっても、セックスのことを考えるとは思わなかった」と話をしたことがあるが、それよりさらに年月が過ぎ、五十の坂を越えても、まだまだセックスについて書いたり考えたりを続けている。
卒業できない。

二十代初めの頃に、私は週刊誌に載っていたのがきっかけで、代々木忠というAV監督が書いた『プラトニック・アニマル』という本を読んで興味を持った。それから、処女でキスもしたことがないくせに、レンタルビデオ屋の18禁コーナーの暖簾《のれん》をくぐり「代々木忠」の作品を借りた。

あれはクリスマスイブだった。

劣等感の塊で、セックスに興味があるのに男に相手にされず、自分は一生このままなんだと過剰な自意識がねじれまくっていた女子大生だった私は、代々木忠の作品を見て、そこに描かれているドキュメンタリーの生々しいセックスに呑まれ衝撃を受けて、一気にのめり込んでいった。

それから、遅い初体験を経て、借金生活を送ったり、すべてバレて地元に戻ったり、また京都に帰ってきたり、いきなり結婚したり、いろんなことがあった。

三十代の終わりに、ふとしたことから、「代々木忠」に会えるかもという機会が訪れ、私はファンとしてではなく、創作する者として会いたいと思って、小説家になった。

そうして、十年が過ぎた。

思いがけず性愛を描く小説家になり、代々木忠監督と話して、気づいたことがある。

人は、ある年齢になると、自分の過去の欠乏を埋めるために生きようとするのではないか。

そしてセックスで傷ついたものは、セックスでしか欠乏を埋めることができない。替えがきかないのだと。

だから私は、この年までも、女であることに執着し、セックスを描くことで、自分の欠乏を埋めようとしているのではないか。

五十歳になり、閉経が近づき、性欲もなくなって、男も必要なくなり、執着も捨て、女という呪縛からも解放され、自分らしく生きていこう！　というようなエッセイを期待してこの本を手にとった方がもしもいたとしたら、すいませんと謝りたくなるような煩悩まみれの内容ではあるが、こういう女がいたっていいんじゃないのとは、思ってる。


そしてもうひとつ、『ヘイケイ日記』を読み返して痛感したのは、新型コロナウイルス感染症の蔓延だ。

これを書いている時点でも、感染者は増え続け、緊急事態宣言は出ているし、みんな悲鳴をあげている。

人と会えない、外にも出られない、我慢に我慢を強いられる生活の苦しさが、日記からはにじみ出てはいるけれど、それがまだしばらく続きそうだ。

あと数年経って、この日記を読み返したときに、「そんな苦しい時期もあったなぁ」と、過去のことにしてしまえるのを願いながら、この本の最後を締める挨拶としたい。

読んでくださって、ありがとうございました。

令和三年、コロナ禍の秋

花房　観音

この作品は、幻冬舎plusにて連載（二〇一九年十一月〜二〇二一年四月）したものを
加筆修正し、再編集したものです。

花房観音（はなぶさかんのん）
1971年兵庫県生まれ。京都女子大学文学部中退後、映画会社や旅行会社などの勤務を経て、2010年に「花祀り」で団鬼六賞大賞を受賞しデビュー。京女たちの性と生を描いて話題となった『女の庭』他、『偽りの森』『情人』『うかれ女島』『どうしてあんな女に私が』『色仏』、ノンフィクション『京都に女王と呼ばれた作家がいた　山村美紗とふたりの男』など著書多数。

ヘイケイ日記　女たちのカウントダウン

二〇二一年十一月二十五日　第一刷発行

著者　花房観音
発行人　見城徹
編集人　森下康樹
編集者　宮城晶子
発行所　株式会社幻冬舎
〒一五一-〇〇五一東京都渋谷区千駄ヶ谷四-九-七
電話　〇三-五四一一-六二一一（編集）
〇三-五四一一-六二二二（営業）
振替　〇〇一二〇-八-七六七六四三

印刷・製本所　株式会社　光邦

Printed in Japan
ISBN978-4-344-03864-6　C0095

幻冬舎ホームページアドレス
https://www.gentosha.co.jp/

この本に関するご意見・ご感想をメールでお寄せいただく場合は、
comment@gentosha.co.jpまで。